雏凤新声系列丛书

陕西师范大学中国语言文学"世界一流学科建设"成果

陕西师范大学中国语言文学学科拔尖创新人才培养成果

曲江新声

胡安顺　主　编
王怀中　朱湘蓉　副主编

光明日报出版社

图书在版编目（CIP）数据

曲江新声 / 胡安顺主编 .-- 北京：光明日报出版
社，2020.6
　（雏凤新声系列丛书）

ISBN 978-7-5194-5767-9

Ⅰ.①曲… Ⅱ.①胡… Ⅲ.①诗词—作品集—中国—
当代②对联—作品集—中国—当代③散文集—中国—当代
Ⅳ.① I217.1

中国版本图书馆 CIP 数据核字（2020）第 090544 号

曲江新声
QVJIANG XINSHENG

主　　编：胡安顺

责任编辑：庄　宁　　　　　　责任校对：李　荣
封面设计：中联学林　　　　　　责任印制：曹　净

出版发行：光明日报出版社
地　　址：北京市西城区永安路 106 号，100050
电　　话：010-63139890（咨询），010-63131930（邮购）
传　　真：010-63131930
网　　址：http://book.gmw.cn
E - mail：zhuangning@gmw.cn
法律顾问：北京德恒律师事务所龚柳方律师

印　　刷：三河市华东印刷有限公司
装　　订：三河市华东印刷有限公司
本书如有破损、缺页、装订错误，请与本社联系调换，电话：010-63131930

开　　本：170mm×240mm
字　　数：158 千字　　　　　印　　张：14.5
版　　次：2020 年 6 月第 1 版　　印　　次：2020 年 6 月第 1 次印刷
书　　号：ISBN 978-7-5194-5767-9

定　　价：58.00 元

雏凤新声丛书编写委员会

主　任　胡安顺

编　委　胡安顺　惠红军　王怀中

　　　　朱湘蓉　祁　伟　刘卫平

　　　　李晓刚　许晓春　余志海

前言

为了培养德才兼备、知能并重的一流语文教育人才和通专结合守正创新的拔尖创新人才，凸显教师教育特色优势，提升学院人才培养质量，推进中国语言文学"世界一流学科"建设，文学院计划将有关成果结集出版，以展现学院人才培养的特色及经验。

陕西师范大学文学院至今已经走过了70多年的发展历程。数代学人培桃育李、滋兰树蕙，形成了"守正创新、严谨求实、尊重个性、兼容并包"的学术传统和"重基础训练、重理论素质、重学术规范、重人文教养、重社会实践、重能力提高"的人才培养理念，铸就了"扬葩振藻、绣虎雕龙"的学院精神。目前学院有汉语言文学（师范）、汉语言文学（新文科基地班）、秘书学、汉语国际教育等本科专业，形成了包括本科、硕士、博士、博士后科研流动站在内的完整的人才培养体系。

2017年，陕西师范大学中国语言文学学科进入"世界一流学科"建设行列，2019年汉语言文学专业入选国家"一流专业"，人才培养作为学科建设的重要内容，迎来了难得的发展机遇。在学校的正确领导下，文学院师生凝心聚力、发愤图强，人才培养工作取得了显著成效。为了更好地展示学科建设期间学院教师致力于专业教学及研究的成果，

曲江新声

体现学院师生人文素养与专业能力，为当代文化建设和基础教育服务，我们汇集本学科师生的诗词曲赋联作品、书法作品、散文作品等，策划出版"陕西师范大学中国语言文学世界一流学科建设成果"丛书和"陕西师范大学中国语言文学学科拔尖创新人才培养成果"丛书，以总结经验、不断进步。

丛书的出版得到了各方友好的鼎力支持，在此一并致谢！

陕西师范大学文学院院长　张新科

2019年10月30日

《雏凤新声》系列丛书序

序者，叙说也。言其善叙事理、若丝之有绪也。约可区为三类：一曰著作序，王应麟所谓"序者，序典籍之所以作也"。作者自述其撰著之缘起、宗旨及过程诸事，亦或介绍品评他人之所作也。二曰赠序，属惜别赠言劝勉之文，晏子所谓"君子赠人以言，庶人赠人以财"也。三曰雅集序，记宴游之乐以述雅怀也。

《<雏凤新声系列丛书>序》者，序《雏凤新声系列丛书》之所以作也。雏凤者谁也？陕西师大文学院之学子也。新声者何也？诗词赋记之类也。系列丛书者何也？2012年既刊行首部，本次付梓四部，其后将续有新作也。四部者何也？《曲江新声》《终南晨曲》《终南新声》《雅韵浅唱集》也。本科生何以能出版诗词集也？此乃陕西师大鼓励学子创作诗词之传统也。鼓励学子创作诗词其利安在也？曰诗可以"兴观群怨"也。兴观群怨者何也？曰兴为兴怀，观为观风，群为亲民，怨为讥评也。兴怀观风亲民讥评者何为也？曰可以陶性防腐、知民忧乐、从政美俗、破痈溃痤也。

大凡兴怀能诗者多有雅致，有雅致者多日伴诗书，情系家国，爱及草木，思存千古，进则欲施展抱负，兼善天下，退则以诗言志，期在不朽，何暇因受贿而劳神，岂为暂时之财贿而毁百年之清名也？言为心声，物不违理，犬羊难为虎豹之啸，瓦釜不作黄钟之鸣。清雅之音，其心必正；贪鄙之辈，辞亦龌龊。故曰诗可以陶性防腐也。至若观风、亲民、讥评三事，乃诗家之本能、操觚者之要务，无需多议。

且夫四时召我以美景，大块假我以文章。会桃李之芳园，序天伦之乐事，访胜迹于崇阿，发思古之幽情。大漠孤烟，长河落日，江南春草，北国冬雪，燕市豪饮，灞柳伤别。因物寄兴，引类设喻，嬉笑怒骂，爱恨情仇，岂能不飞文染翰、无诗赋以骋怀哉？是故刻烛限韵，裁云入砚，诚不朽之盛事；求田问舍，贪贿无艺，乃致祸之乱阶。从车百乘，未若清诗一首；积粟万钟，何如语流千载？

愿我学子，因诗而智，因诗而雅，因诗而能，因诗而博。且勿背负空名，弃诗向愚，弃诗向俗，弃诗向货，弃诗向权。止僻防邪，风雅不坠。韶华既往，吁嗟何及？纤浓绮丽，典雅高古，雄浑豪放，悲慨精神。含蓄冲淡，自然清奇。辞鄙理乖，必失猥琐。意寡言拙，废学之过；依声合韵，不逾规矩。造父乘舆，坐致千里；去绳弃墨，奚仲不能成一轮。

昔者，鲤趋而过庭。孔子问曰："学诗乎？"对曰："未也。"孔子曰："不学诗，无以言。"鲤退而学诗。他日，鲤又趋而过庭。孔子问曰："学礼乎？"对曰："未也。"孔子曰"不学礼，无以立。"鲤退而学礼。故知圣人教子始于诗。今之童蒙设若既学诵诗，且学作诗，弱冠必思无邪而能言，知礼节而善赋，焕乎有文，蔚尔鳞集，所谓化海濒为洙泗，点愚顽成李杜，又何患乎斯文之不继、风俗之不纯哉？是为序。

胡安顺

2020年6月15日于陕西师范大学菊香斋

目 录
CONTENTS

目
录

卷二　对联

卷三　词

目录

卷四　散文

目
录

卷一　律诗

卷一 律诗

春寒

王宥心

（2011 级中文基地班）

早春清冷降寒霜，急雨梨花落满墙。

游子添衣思母念，几回梦醒欲还乡。

（任课教师：胡安顺）

夜宿少林寺

邢璐

（2011 级中文基地班）

日暮风烟静，群山碧染天。

小僧勤练武，老衲坐思禅。

烛泪滴香案，喊声震坤乾。

游人来复去，尊佛守千年。

（任课教师：胡安顺）

春归

陈群芳

（2011 级中文基地班）

陌上花开风缓吹，春光如旧故人非。

唯听隔壁浣纱女，日落溪边唱《式微》。

（任课教师：胡安顺）

咏唐墓壁画

郭瑶瑶

（2011 级中文基地班）

石椁木棺埋地下，千年古墓一朝开。

重城叠阙不为固，金粉玉颜不再来。

生前娇艳比仙子，身后容华没蒿莱。

富贵可怜空遗骨，唯存壁画非尘埃。

（任课教师：胡安顺）

凤凰春行

祁琦

（2011 级中文基地班）

画舫逐波沱水绿，沙洲烟柳两相迎。

亭台楼宇花间现，游客贩夫巷里行。

数点鱼鹰江上戏，几重晓雾桥头萦。

罗裙更比春光好，偷笑渔郎自作情。

（任课教师：胡安顺）

曲江春行

甄杨林

（2011 级中文基地班）

翠柳池塘烟雾围，楼台水榭沐春晖。

蓬头稚子齐欢笑，受惊黄鹂四处飞。

（任课教师：胡安顺）

悼嵇叔夜

任荤鑫

（2011 级中文基地班）

洛阳城外紫烟长，飒爽少年铸铁忙。

怀瑾握瑜竹林隐，耿正绝交祸患殃。

子弟三千齐请命，广陵一曲绝堪伤。

生而重义蒙冤死，贤士不归百代伤。

（任课教师：胡安顺）

忆南山

边士心

（2011 级中文基地班）

苍岭夕阳落，风吹碧水清。

禅门花似锦，佛地少人行。

（任课教师：胡安顺）

观大四毕业有感

赵维多

(2014 级汉语言文学一班)

益友壬辰秦地聚，朝夕做伴感情真。

年华似水青春老，生命如歌日月新。

曲水霞光红艳艳，终南雨雾绿茵茵。

长安雁塔别离去，但有石楠寄故人。

（任课教师：胡安顺）

春行

叶庆铭

(2014 级汉语言文学一班)

平湖三月柳含烟，雨后云开渐露天。

一路芳菲看不尽，桃花烂漫蝶蹁跹。

（任课教师：胡安顺）

白玉兰

张悦

(2014 级汉语言文学一班)

东风细雨唤群芳，千亩桃梨竞绽忙。

一树白兰最夺目，如凝半放为谁香？

秋游崆峒山

张悦

（2013级汉语言文学四班）

巨壁横空眼难收，举眸峰顶雾笼头。

登高方见云中岛，临下才观海市楼。

玄鹤飞鸣林愈静，钟声敲响岭更幽。

谁言盛境唯天界？乐似神仙可久留。

（任课教师：胡安顺）

春日新作

马文玥

（2014级汉语言文学一班）

晴明此日上高楼，望见家园不尽头。

四月东风过陇亩，一行春碧到西畴。

（任课教师：胡安顺）

春风

吴姗姗

（2014级汉语言文学一班）

轻歌曼舞自何方，巧手织成碧玉装。

染绿千山和万水，隔帘再送百花香。

（任课教师：胡安顺）

落红

吕辛芍

（2014 级汉语言文学一班）

清晨新绿雨多痕，暮起微风送早春。

一宿初红落满径，至今犹忆葬花人。

（任课教师：胡安顺）

过扬州

叶庆铭

（2014 级汉语言文学一班）

风波十里城，冷月静无声。

红芍桥边艳，年年谁为生。

山行

叶庆铭

（2014 级汉语言文学一班）

潇湘山含秀，幻化碧云中。

倦客思归切，归看花落红。

（任课教师：胡安顺）

华山行

陈秀娟

（2014级汉语言文学一班）

举目望西岳，千岩暮霭中。

松涛鸣谷壑，古柏隐朦胧。

峭壁绝千丈，云梯荡半空。

风光佳者远，道险路难穷。

（任课教师：胡安顺）

竹

刘婉莹

（2014级汉语言文学一班）

沐雨千枝翠，舒阳万籁葱。

虚怀藏雅韵，秉节鉴高风。

梅衬英姿俊，松遥浩气冲。

浊尘神自定，隐逸得贤公。

（任课教师：胡安顺）

夏至

郑伟丽

（2014 级汉语言文学一班）

最热今天始，皆知酷暑刁。

香囊随汝佩，彩扇赠君摇。

夜至鸣蝉噪，风来半夏骄。

江南梅雨至，塞北响雷嚣。

（任课教师：胡安顺）

咏荷花

林茜

（2014 级汉语言文学一班）

青荷立笔挺，菡萏大而繁。

雨打一天绿，风吹香满园。

（任课教师：胡安顺）

端午

刘璐

（2014 级汉语言文学一班）

五月榴花艳，鸣蝉声调高。

而今念屈子，寂寞望江潮。

（任课教师：胡安顺）

栀子花

赵雪凌

（2014 级汉语言文学一班）

翠叶层层镶白花，清风摇曳映朝霞。

露珠闪耀光华亮，清气飘浮倩影斜。

（任课教师：胡安顺）

夏日赏荷

黎萍

（2014 级汉语言文学一班）

芙蕖绽放一池香，莲叶接天碧水汪。

傍晚菱歌悠一曲，移舟湖上载斜阳。

（任课教师：胡安顺）

园中小感

白雪

（2014 级汉语言文学一班）

花在园中笑，风来影动摇。

频闻树上噪，鸟雀诵新谣。

（任课教师：胡安顺）

夏游荷塘赏花

曹玉

（2014 级汉语言文学一班）

蓝天碧水满荷塘，细雨轻风燕子翔。

十亩莲花齐绽放，游人谁不爱清香。

（任课教师：胡安顺）

长安暴雨

孟诗雨

（2014 级汉语言文学一班）

冻雨袭窗自九重，霹雷闪电折乔松。

金戈铁马卷地动，云破天惊欲毁城。

（任课教师：胡安顺）

夏夜拾趣

刘倩

（2014 级汉语言文学一班）

初夏镜湖波，蛙声奏夜歌。

微风轻拂过，明月照清荷。

（任课教师：胡安顺）

咏荷

王慧梅

（2014 级汉语言文学一班）

亭亭玉立惹人怜，泛泛涟漪涌万千。

宿露微摇摇欲坠，随风起舞舞翩翩。

无边碧叶由风卷，似火红花欲映天。

不与春花相争艳，清空六月沁心田。

（任课教师：胡安顺）

咏荷

成佳

（2014 级汉语言文学一班）

芙蓉照面两边开，碧叶接天一色裁。

日照涟漪游客至，风吹莲动鲤鱼来。

（任课教师：胡安顺）

归思

卞若琳

（2013 级汉语言文学四班）

弱冠少小离家去，只为荣光在一身。

日夜温书未觉苦，寒窗十载欲成人。

何曾想起回头顾，岂料双亲泪满巾。

力学成才固要紧，亲情不忘守真纯。

（任课教师：胡安顺）

春日咏叹

马润馨

（2013 级汉语言文学四班）

过隙白驹疾，人生百十年。

花凋重绽放，日落再升天。

不敢忘忧患，岂能安枕眠。

愿君惜岁月，莫待白头怜。

（任课教师：胡安顺）

梦故乡

苏日娜

（2013 级汉语言文学四班）

风轻芳草碧，云淡野花香。

梦里回南陌，魂牵是故乡。

（任课教师：胡安顺）

无题

胡婷

（2013 级汉语言文学四班）

霜怕金乌叶叹秋，时光荏苒几多愁。

镜中白发额间露，纸上难书心上留。

（任课教师：胡安顺）

赠邻家女儿

胡婷

（2013 级汉语言文学四班）

青梅竹马田间戏，两小无猜争落梨。

岁月如梭花凋谢，伊人嫁作孰家妻。

轻描一朵勿忘我，昔日情丝纸上栖。

落雁姿容难忘记，微微一眼惹心迷。

（任课教师：胡安顺）

流人

陈惠敏

（2013 级汉语言文学四班）

孤身游险海，独自过重峦。

走遍世间路，天涯无处安。

（任课教师：胡安顺）

雨后长安

刘治慧

（2013 级汉语言文学四班）

长安一夜雨潇潇，八水如龙山似描。

如洗碧空飞好鸟，终南十里最妖娆。

（任课教师：胡安顺）

夜中吟

王愿

（2013 级汉语言文学四班）

夜深人未寝，月色共徘徊。

芳树婆娑立，伊人踏影来。

（任课教师：胡安顺）

从军行

王愿

（2013 级汉语言文学四班）

暮色昏昏起，旌旗猎猎翻。

既闻笳鼓响，又见马蹄痕。

漫漫前行路，拳拳赤子魂。

士兵征战死，元帅报君恩。

（任课教师：胡安顺）

梅雨夜

兰英

（2013 级汉语言文学四班）

梅子黄时雨水长，微风明月夜初凉。

闲来思见铜钱草，入梦呼朋在故乡。

（任课教师：胡安顺）

夜寒

刘海霞

（2013 级汉语言文学四班）

少时空得意，如今却难言。

寒霜凋碧树，冷月照无眠。

（任课教师：胡安顺）

上元节记

游晗瑞

（2013 级汉语言文学四班）

上元佳节团圆日，求学离乡话别时。

遥看万家灯火盛，椿萱想必感儿思。

（任课教师：胡安顺）

夜宿翠华山

赵瑞

（2013 级汉语言文学四班）

独坐意从容，幽思与客同。

夜深疏星落，山静月空明。

（任课教师：胡安顺）

牡丹

何茜

（2013 级汉语言文学四班）

五月新蕊吐，日日次第开。

天香兼国色，游客若鹜来。

（任课教师：胡安顺）

正己

花姆央金

（2013 级汉语言文学四班）

自古轻商重志士，于今尚利蔑文人。

清心寡欲读贤圣，莫羡他人常省身。

（任课教师：胡安顺）

春日

吴冰冰

（2013 级汉语言文学四班）

桃李春风好，蜜蜂采蜜忙。

水边多少女，嬉笑捉迷藏。

（任课教师：胡安顺）

庭前兰蕉

何海青

（2013 级汉语言文学四班）

故园寂寂满庭芳，最是兰蕉瓣瓣黄。

我叹花开人不赏，唯招彩蝶采食忙。

（任课教师：胡安顺）

作诗

王佳莹

（2013 级汉语言文学四班）

胸中乏点墨，却强赋诗篇。

搏髀仍无策，苦思夜不眠。

（任课教师：胡安顺）

论诗

王佳莹

（2013 级汉语言文学四班）

老杜频嗟诸葛运，中原未统落金星。

秋夜耿耿空余恨，寒色沉沉催将行。

鱼水相欢终已逝，辅孤尽瘁未见明。

却看屈贾当何论，身殒席空任后评。

（任课教师：胡安顺）

长安六月

张久婷

（2013 级汉语言文学四班）

长安六月雨涟涟，雨落花零百草鲜。

最爱踟蹰南湖处，水光暗雾一线连。

（任课教师：胡安顺）

梅

朱万娟

（2013 级汉语言文学四班）

雪里知寒苦，千秋最寂寥。

知期花始放，三径满春潮。

（任课教师：胡安顺）

赠别

朱万娟

（2013 级汉语言文学四班）

今去几时逢，惜惜满洛城。

幽窗听冷雨，孤馆弄银筝。

对忆潇湘水，交织离恨声。

因思明月好，万里伴君程。

（任课教师：胡安顺）

屈原

朱万娟

（2013 级汉语言文学四班）

常嗤楚主弃丹心，洞客才名只泪襟。

鄂浦徘徊衔石哭，汉汀謇立握沙吟。

空悲孤鬼啼枪怨，已识秦兵入郢侵。

百感西风君去后，开来兰芷满江浔。

（任课教师：胡安顺）

归乡

李妍

（2013 级汉语言文学四班）

衣锦还故里，山重水一淙。

小楫迎风舞，大雁横长空。

（任课教师：胡安顺）

冬日游成都

李妍

（2013 级汉语言文学四班）

少年冀望盈满袖，伫立月台看寒楼。

惶恐匆匆游不够，繁闹锦里葬昭侯。

（任课教师：胡安顺）

草堂夏荷

李妍

（2013 级汉语言文学四班）

亭亭玉立争相开，缕缕幽香暗自来。

绰约风姿彰妩媚，诗情画意醉郎才。

（任课教师：胡安顺）

长夜怀人

李妍

（2013 级汉语言文学四班）

相守不知离散苦，低眉浅笑弹琵琶。

娇杨摇曳光弄影，牡丹吐蕊蝶恋花。

幽幽小路独徘徊，漫漫长宵诵蒹葭。

唯愿汝心似吾心，相思随风到天涯。

（任课教师：胡安顺）

十年征战苦

刘荣桢

（2013 级汉语言文学四班）

十年征战苦，百死返故乡。

旧庐何所在？枯草悬断梁。

野雀巢檐上，狐兔宿中堂。

邻门问老妪，妻子在何方？

君妇早已丧，墓在西北岗。

子随役夫去，未知在何方。

人生如漂萍，骨肉别异乡。

思之心惨痛，宿息不能忘。

（任课教师：胡安顺）

漫兴

刘一含

（2013级汉语言文学四班）

秋期忽将近，把酒更思君。

不啄溪头柳，独贪波上纹。

读书方五斗，沽酒只三斤。

唯有山间月，知余懒似云。

（任课教师：胡安顺）

野客

刘一含

（2013级汉语言文学四班）

野客何为恋老林，少年枉费十年心。

松针乍落惊虫起，明月频遮伴柳吟。

好雨知春归已久，狂雷料夏去难禁。

尘缘既浅当时断，一种相思几处寻？

（任课教师：胡安顺）

夏雨

陈可心

（2013 级汉语言文学四班）

蝉无人迹少，花颓草木枯。

余来暑意去，物润生机苏。

（任课教师：胡安顺）

长安暮春

巨亚红

（2013 级汉语言文学四班）

长安四月春将尽，花飞花落碾作尘。

来年花开西京日，樱花树前逢故人。

（任课教师：胡安顺）

少年游

巨亚红

（2013 级汉语言文学四班）

思人不怕天涯远，暮暮朝朝万里忧。

百转光阴如水逝，当时年少不知愁。

桑田沧海人非旧，物换星移几度秋。

待到朱颜成老朽，少年可与共白头！

（任课教师：胡安顺）

意难成

蔡兆玉

（2013级汉语言文学四班）

彻夜冥思觅妙词，意境难成半首诗。

昔闻古人锤炼意，其中辛苦几人知？

（任课教师：胡安顺）

思故人

张梦怡

（2013级汉语言文学四班）

少年不惧江湖老，欲与胡虏试比高。

未解国家多少事，心中块垒故难消。

栏杆拍遍无人会，铁马冰河入梦遥。

可惜豪情空自许，半生蹉跎半生劳。

（任课教师：胡安顺）

无题

卯建伟

（2012级中文基地班）

梧桐微雨草离离，携酒独行学赋诗。

平仄未成肠已断，落花声里立移时。

（任课教师：祁伟）

暗夜有怀

王泽鹏

（2012 级中文基地班）

无眠一夜独倚户，何处半空闻曲悠。

浪迹天涯无处落，昔时红袖与谁游。

醉瞧心似已灰木，笑看身如不系舟。

嗟叹无言先泪落，料知世事使人愁。

（任课教师：祁伟）

登楼

甄龙

（2012 级中文基地班）

垂尾山巅百尺楼，仰观紫汉接天游。

长风万里连秋色，黄叶纷飞沙雁丘。

古道苍茫当世改，圣贤寥落此时忧。

总叹六代风华已，衰草寒烟凝帝州。

（任课教师：祁伟）

不念

姜凝玉

（2012 级中文基地班）

莫问流年谁暗换，无人总愿道离情。

山高水远常难见，海阔天空久不行。

雀鸟无忧安作乐，鸿鹄有志正将鸣。

他乡再遇知心友，夜半忽觉旧恨轻。

（任课教师：祁伟）

七律·四季韵（限门盆魂痕昏）

韩月霞

（2012级中文基地班）

《红楼梦》第三十七回中大观园儿女作诗《咏白海棠限门盆魂痕昏》，结成海棠社。本组诗用相同韵，取春夏秋冬之景之情各一，和成四首。

（其一）春景

晴空碧草映朱门，几处新巢似燕盆。

雨露焉知桃蕊意，清风淡解柳眉魂。

梨花带雨滋春色，缟素留笺易墨痕。

时值青春年正满，谁知日暮向黄昏？

（其二）夏趣

半掩梳妆半倚门，纤纤玉手弄金盆。

芭蕉窃笑留新绿，菡萏含羞敛艳魂。

绕畔扑萤轻扣梦，提裳弄水细沾痕。

香腮欲动冰肌雪，莞尔回眸日又昏。

（其三）秋色

开园冷圃北村门，遍地残红叶满盆。

落雁三番朝报去，梧桐几度夜盈魂。

寻蝉忆往心怀事，咀桂留香齿挂痕。

暗访陶公神往处，东篱把酒近昏昏。

（其四）冬情

殿内遥观月影门，甘琼未醉卧冰盆。

薄施粉黛赢君愿，略减金钗断女魂。

玉兔宫寒霜已重，鸳鸯水暖雪无痕。

红尘祸起成长恨，莫把情浓忘昼昏。

（任课教师：祁伟）

念康波

高鹏艳

（2012 级中文基地班）

来亦轻轻别亦轻，轻挥云袖柳金缨。

清波荡影西阳落，深草飞虹梦幻迎。

心载星辉舟一叶，惜歌月色夜三更。

又将恋袖康桥静，莫带云衣别此城。

（任课教师：祁伟）

思远人

李琼

（2012 级中文基地班）

浮月清歌因念长，折扇拆字两成行。

若双影照梧桐上，歇坐旌堂酒一觞。

（任课教师：祁伟）

春意渐

李琼

（2012 级中文基地班）

幽梦灯花更漏下，却书新雨落繁华。

潇潇解意东风过，篱外青梅入酒家。

（任课教师：祁伟）

暮春微雨忽晴

田萌

（2012 级中文基地班）

细雨拨叶动，柔风倾薜墙。

彩蝶花下舞，黄雀树头翔。

（任课教师：祁伟）

独游户县草堂寺

董敏

（2012 级中文基地班）

秦岭山巅识太乙，草堂古刹访禅师。

青灯灭蕊报时晚，明月敲窗入夜迟。

（任课教师：祁伟）

卷一　律诗

桃花行

苑文雅

（2012 级中文基地班）

人间四月桃花盛，一夜胭脂散春城。

熏风不扫团团紫，夕雨未盈寸寸红。

冶容似解韶华意，艳骨还收相思情。

锦衣碧叶连双襟，到老难消红豆心。

谁言年岁花相似，朝去暮来人事非。

重蕊叠瓣翠色堆，红妆成粉泪成灰。

妾本汉时良家子，曾动昭阳十二宫。

布衣不掩倾城色，荆钗岂减落雁容。

傲骨未因贫贱移，娇容不需画工成。

罗衣几沾花下露，裙带曾识扇底风。

阶前桃花年年笑，槛内佳人岁岁老。

汉宫秋月冷画屏，年年岁岁恨相逢。

自请出塞绝尘去，留得琵琶映秋声。

马上常忆江南绿，丝丝缕缕乱人意。

若使江山归明主，安危岂得托妇人。

故闻蔡琰胡家妇，胡笳十八声断肠。

谁家柔肠三寸断，不为私心为家园。

可怜留得明月在，犹肯为我照落花。

桃花滟滟几度春，青冢袅袅远芳魂。

芳魂黯黯去应绝，琵琶铮铮犹未歇。

一代容颜埋枯骨，半壁江山幻冷月。

桃花落尽能再发，美人焉得再芳华？

西风夜下拂红袖，青史云烟仍如旧。

人面桃花相映冷，琵琶秋雨更悲花。

（任课教师：祁伟）

吊杜甫

苑文雅

（2012 级中文基地班）

先生英名传千载，后世仰之如日光。

昔时观诗怀敬意，今朝凭吊断肝肠。

酹酒一觞心愀怆，天上诗圣享烝尝。

敬君夕朝忧国民，悲雾愁云绕心头。

石壕村前泪沾襟，岳阳楼上涕泗流。

长嗟从军随百草，沙场白骨无人收。

山河破碎空搔首，梦魂犹为百姓愁。

感君向者忠国君，安史未能乱本心。

被囚放逐心亦赤，终得拾遗贵若金。

极欲致君尧舜上，力当再使风俗淳。

将效武侯竭心血，尽瘁开济老臣心。

官场怎做正直事，昭君虚度汉宫春。

悲君往日步履艰，少陵野老无人怜。

草堂万苦终得建，鬓秋孤老现眼前。

安得广厦千万间，大庇寒士俱欢颜。

呜呼少陵死终穷，百里湘水为之停。

诗坛悲痛陨大星，万古流芳诗圣名。

（任课教师：祁伟）

寂夜抒怀

张萌萌

（2011 级汉语言文学交换生）

万水千山不惧艰，离乡背井逐云端。

出门始晓人情薄，行路方谙世故寒。

雁寄书帛询险阻，鱼传尺素报平安。

愁颜恐负双亲意，笑语唯求父母欢。

（任课教师：祁伟）

惜蔷薇

段欣然

（2013 级汉语言文学创新实验班）

深红浅粉色初妍，叶半羞遮正可怜。

未见白驹投隙过，催开青帝又经年。

重叠蕊瓣描妆彩，曲尽肝肠寄素笺。

但恐东风吹落去，心忧花事不成眠。

（任课教师：祁伟）

春绪

赵国霞

（2013 级汉语言文学创新实验班）

窗邻草木互依时，堤岸垂丝连理枝。

顾盼春风拂笑靥，眼鬟秋水湿凝脂。

长安城内贻彤管，淇水堤边轻别离。

细数三秋无音讯，遥怜鸿雁空来迟。

（任课教师：祁伟）

秋游即兴

王涛

（2013 级汉语言文学创新实验班）

云岭逶迤浪客心，山家有酒待君寻。

寒林漠漠浓如黛，微雨绵绵细似针。

险道萦回通胜境，高岩兀立跃灵禽。

重峦未阻秋游兴，一路云烟一路吟。

（任课教师：祁伟）

五月四日送夫归粤

林梦瑶

（2013 级汉语言文学创新实验班）

水近楼台妆素裹，流瑛窈窕霁空明。

萧萧舞絮孤零落，恍恍归鸿长夜行。

苍岭九重斩痴念，绿醅一滴祭芳英。

相逢难料知何日？忍泪闲谈送雨晴。

（任课教师：祁伟）

惜稻香

王欣杰

（2013 级汉语言文学创新实验班）

心烦气躁来听曲，乡野滔滔田有蛙。

童伴弄潮沟道里，水浑蝌蚪不归家。

稚丫偏爱黏香土，慈母连呼别晚霞。

梦里娘叨家又北，稻香和饭在天涯。

（任课教师：祁伟）

名杰

牛昭吃

（2013级汉语言文学创新实验班）

教坊居名杰，歌如战角弥。

停时冬夜静，动势地天移。

浪荡无流俗，才高有德碑。

同行交志友，自省愧逃离。

（任课教师：祁伟）

九月秋深大雨夜思人

和千歌

（2013级汉语言文学创新实验班）

风催冷雨凋秋树，守落孤灯暗落尘。

碎玉零飞惊寂梦，枯香哑断黯离人。

星沉不理长离怨，月隐难言短聚辛。

难舍相思甘自缚，镜中长愿此眉颦。

（任课教师：祁伟）

杨花寻

朱宇佳

（2013级汉语言文学创新实验班）

青丝萦绕蛾眉麽，不羡红英巧笑嫣。

一任东风相嫁与，云浮直上九重天。

星垂曲径芳踪断，日照平川淡影连。

骤雨初停何处觅，春泥画苑共甘泉。

（任课教师：祁伟）

寄友人

娜仁

（2013 级汉语言文学创新实验班）

穿林红叶萧，眺尽万家迢。

籁籁皆如许，孤吾耐寂悋。

寒衾相倚暖，佳梦互倾娇。

待到相逢日，月帘吐彻宵。

（任课教师：祁伟）

旧友小聚归后雨霁难眠

寇金花

（2013 级汉语言文学创新实验班）

月失流云慢，疏风尽晚吟。

幽芳迷淡雾，残酒晕柔衾。

露坠清宵碎，枝摇冷意侵。

起窥猫睡否，归卧叹嗟深。

（任课教师：祁伟）

周郎叹

陈文倩

（2013 级汉语言文学创新实验班）

相辞仲帝随江渡，肯弃功名轻宅钱。

二乔玉堂拥钗钿，双雄虎帐弄朱弦。

曹公已悔连江舳，蜀帝当忧失益川。

自古英雄无白发，临风顾曲还少年。

（任课教师：祁伟）

长安遥寄

徐文君

（2013 级汉语言文学创新实验班）

树影婆娑裁月华，疏星遥夜漏云纱。

风吹北国长春意，雨落长安短日霞。

露积翠竹生细叶，墨湿红笺漫思茶。

诗书合罢仍燃烛，犹待君归剪烛花。

（任课教师：祁伟）

昙花

卢瑶

（2013 级汉语言文学创新实验班）

无意弄妆斗百花，何曾冷眼笑群芳。

不施粉黛去雕饰，单着雪衣裹素妆。

冷月入扉浮疏影，清风拂户涌暗香。

冰肌玉骨不须赏，只恨命薄知己茫。

（任课教师：祁伟）

感毕业季

周辛欣

（2013 级中文基地班）

絮尽月薇殇，蝉鸣鲤尾扬，

昔眠酣醉梦，今起卷行囊。

立志乡关出，时渐四载荒。

苦吟名未就，不敢返吾廊。

（任课教师：祁伟）

赠长卿

南瑛

（2013 级中文基地班）

犹记初逢心意动，湘帘掩面眼盈盈。

孤桐琴影如珠落，归凤求凰意互明。

今日得千唯缺亿，君心淡漠有他情。

弦崩镜缺朝霞歇，留汝伤离莫忘羹。

（任课教师：祁伟）

咏中药

尹杨

（2013 级中文基地班）

冷月无声长夜漫，熏风戏弄叩门扉。

薄荷半夏凉襟袖，芍药沉香透幔帏。

百合成空情似纸，参商暗恨不胜欷。

红颜已老相思懒，只种独活忘当归。

（任课教师：祁伟）

孤魂

曾亚轲

（2013 级中文基地班）

雨系残云与霾雾，连城翠竹漫青葱。

青梅未熟魂前散，竹马已消枯骨通。

伊好正时君未至，待期远去滞闺中。

红妆遥想出天际，枯骨坟前万户穷。

（任课教师：祁伟）

心志行

兰兰草

（2013级中文基地班）

早岁寒窗空苦读，情回缥缈远帝都。

意气风发极北目，胸怀壮志奔前途。

山重水复迷归路，阴差阳错落西都。

静观龙马水流长，莫若昔年明镜湖。

寻得陕师芙蓉韵，驱尽愁肠影不孤。

古树森森斜阳暮，香草氤氲芳心酥。

尽瘁鞠躬三尺心，往来谈笑皆鸿儒。

画赋诗书咸生趣，字字珠玑赘疣无。

先生千秋存风骨，冰心一片在玉壶。

我辈傲气消殆尽，虚心苦磨明月珠。

唯留清风志不改，杏坛一角还待吾。

（任课教师：祁伟）

初夏喜雨

兰兰草

（2013级中文基地班）

园中百卉凋无数，暑气犹嫌春去迟。

朝喜风轻云淡日，夕观暮雨落莲池。

蝶曾有意随春去，蜂却无心入夏时。

岁岁骄阳销万物，唯留急雨润心脾。

（任课教师：祁伟）

山居

曹铃玉

（2013 级中文基地班）

浮名半世累清华，驭鹤遥归紫蓋家。

醉伴幽人剪春韭，闲约羽客试新茶。

秦箫有凤松风寂，玉振无弦落雁斜。

坐忘尘寰卧邀月，笑谈谢郑旧时花。

（任课教师：祁伟）

江南秋意

肖迪

（2013 级中文基地班）

独怜北苑西风晚，檐角珠光雨未干。

竹影观来星渐落，秋声听罢月将残。

梦回始觉晨霜冷，酒醒方知晓露寒。

一别秦淮思绪碎，西风卷去几重峦。

（任课教师：祁伟）

过香积寺（其一）

张迪

（2013 级中文基地班）

平明我辈过香积，始忆禅心摩诘吟。

银杏风吹叶簌簌，清溪寺绕水潺潺。

人生漫漫愁前路，挚友纷纷诚点金。

不料鸣钟平我意，牢骚满腹亦为喑。

（任课教师：祁伟）

过香积寺（其二）

张迪

（2013 级中文基地班）

毒龙难制人无奈，寒食踏青偕伴行。

青柳生稀迎远客，苍松蔽日掩幽情。

拾阶漫步香积寺，宝塔遮云探玉琼。

踯躅不知临薄暮，林深唯感寺钟鸣。

（任课教师：祁伟）

雨夜思君作

江丹

（2013 级中文基地班）

三清尘外胡旋舞，方寸之间捧玉壶。

国破乱云山永寂，霜残惊鹤槿难苏。

春风已覆将军骨，冬雪犹吹凤阙湖。

百味相思千味苦，归元返本冷蟾孤。

（任课教师：祁伟）

忆峥嵘岁月有感

潘眉林

（2013 级中文基地班）

志士请缨风骨凛，先驱报国志铿锵。

荡平倭佞五洲晏，缚住苍龙四海匡。

万里同心旗猎猎，千秋新貌国泱泱。

生逢尧舜吾侪幸，愿借长风破浪航。

（任课教师：祁伟）

茶

王昀璐

（2013 级中文基地班）

本是枝头四月花，洁身玉蔓断新芽。

修来翠绿无殷色，练就鲜红有赤华。

热火煎熬香尽馥，温泉沁透酿奇葩。

无心醉饮三杯酒，愿得芳菲一盏茶。

（任课教师：祁伟）

自遣

罗彤

（2013 级中文基地班）

绿叶邀春意，秋来祭瑟萧。

花期犹有尽，盛世尚堪凋。

垂发更华服，中流誓远翘。

寒蝉吟怅惘，折桂在今朝。

（任课教师：祁伟）

煎茶

化萌钰

（2013 级中文基地班）

才收枝上雪，又得雨前香。

人世浮沉事，苦甘杯底尝。

银毫翻瓮水，玉盏冷微光。

长醉歌六羡，何须般若汤。

（任课教师：祁伟）

夏晚欲雨临窗有感

卢珂

（2013 级中文基地班）

云暗接窗侧，熏风入小楼。

凉生薄袖里，花颤弱枝头。

玉水旋轻袂，琼雷舒广喉。

凭轩听夏晚，独候一啁啾。

（任课教师：祁伟）

惊梦

张馨笛

（2013 级中文基地班）

骤雨惊吾寐，难分昨或今。

阴云腾万里，怒浪涌千寻。

平日隐豪气，梦回终不喑。

闻雷方猛醒，泪汗已湿衾。

（任课教师：祁伟）

夜雨

周志颖

（2013级中文基地班）

子末孤音早，三更弱羽啼。

微风捉耳际，细沥弄菜荑。

起舞轻如雾，穿林净若鲵。

何时已无迹，初旭代相栖。

（任课教师：祁伟）

述怀

孙晓桐

（2012级汉语言文学创新实验二班）

寂寂闲思作反观，夜来孤枕梦空残。

不谙人世风和雨，却识浮生泪与欢。

欣喜一朝常觉易，精神万古致之难。

余心所善只身去，落木萧萧料峭寒。

（任课教师：朱湘蓉）

夜游大雁塔

谢荷祥

（2009级汉语言文学四班）

残阳隐去华灯点，一派繁荣绕古楼。

去夏初游成旧友，今年故地换新愁。

长安游子心如雁，盛世才人塔作舟。

热血男儿多有志，曾经梦里也封侯。

（任课教师：朱湘蓉）

春日午后初霁游曲江

张晓晴

（2009 级汉语言文学五班）

午后霞光照，东风动柳枝。

浮云临曲水，雾霭绕江池。

鸟逐残阳去，人归苍陌思。

无须取他景，正是恋春时。

（任课教师：朱湘蓉）

杜甫

杨太勤

（2009 级汉语言文学五班）

老杜风流颠沛难，未尝一日不陈言。

茅屋踏落何窘迫，长安陷落更黯然。

苦恨艰辛潦倒事，锦官城里望河山。

鬓霜愁结发搔短，广厦庇寒千万间。

（任课教师：朱湘蓉）

畅志园戏作

李瑞花

（2009 级汉语言文学教育五班）

盛暑晚餐罢，轻裳步茂林。

鸣蟾远众厦，谧径带萧森。

暗草招虫戏，幽篁远世音。

怅然相顾语，花叶满衣襟。

（任课教师：朱湘蓉）

抒怀

寸杨勇

（2008 级汉语言文学教育五班）

世道为钱谋，空瓢我不忧。

食蔬聊果腹，枕草且优游。

月笼桃花岛，风追野客舟。

乘阴看儿戏，醉卧菊花畴。

（任课教师：朱湘蓉）

代梦

曾劲松

（2008 级汉语言文学教育五班）

恨锁乌桥暗夜妆，直缺一盏孟婆汤。

素蝶舞岁穿花乱，玄鬓吟声兴意央。

冷月铺为桑梓地，清风垒就鹧鸪乡。

蓬蒿啸聚凤歌去，踵武前贤效老庄。

（任课教师：朱湘蓉）

四君子赋

施秋燕

（2008 级汉语言文学教育五班）

雅清俊逸四君子，坚淡隐幽人世求。

金菊半町几人醉？素兰一支万芳羞。

梅红骨傲香如故，竹翠节高神亦悠。

不与群花论娇媚，高情致远令名留。

（任课教师：朱湘蓉）

春游芙蓉园

段青

（2010 级汉语言文学教育一班）

游观三月芙蓉畔，少女梳妆上祀忙。

袅袅风吹杨柳漫，融融日照玉兰香。

遥闻曲水流觞赋，近看轻歌曼舞扬。

犹忆狂人持酒唱，风流一世又何妨。

（任课教师：朱湘蓉）

雏鸟鸣父

朱仁德

（2010 级汉语言文学教育一班）

空高叶锁愁，众鸟扯清幽。

父母寻食慢，巢儿促破喉。

蜂吟蝶舞喜，鸠叹鹊食忧。

落寞知何处，还将晚宴谋。

（任课教师：朱湘蓉）

思江南故地

闫玉芳

（2010 级汉语言文学教育一班）

风扬绿柳逗青舻，水曳乌篷闹静湖。

曾记桥边红芍落，犹思帐里海棠枯。

秋千依荡香凝逝，竹马长骑梅嗅无。

故里安知胡地远，梦催客子入归途。

（任课教师：朱湘蓉）

高考日寄赠外甥昌宏

纪顺

（2010 级汉语言文学教育一班）

谯门城上望婆娑，琢后良珂还复磨。

寒角流冬埋秀穗，袍衣今矣采新禾。

朱闱有意终须到，舆辇无声待得过。

劝伴青春提象笔，莫挑簪髻救飞蛾。

（任课教师：朱湘蓉）

次韵苏子美秋夕怀南中故人以寄梦嫒

李英

（2010 级汉语言文学教育二班）

动辄方知成杳游，此中华物老汀州。

丁香夕照惹人眼，深杏吟风独客愁。

谩得征鸿江上雨，曾教闲话两时秋。

流波逐我长天月，不到冰城誓不休。

（任课教师：朱湘蓉）

青龙寺赏樱记

薛文新

（2010 级汉语言文学教育二班）

乐游原中藏古寺，悠悠千载透樱红。

玩赏沿途遭泥雨，小憩圆亭怨天公。

雨霁新晴涤霭垢，杨娇柳艳映长空。

春光旖旎游人醉，与友重逢意也融。

（任课教师：朱湘蓉）

黄土人家

冯晶晶

（2010 级汉语言文学教育二班）

无言独坐观天际，静看山巅现彩妆。

绿树明溪透春意，群山相约比苍黄。

道旁青草碌山谷，谷内香花媚村庄。

邻里相谦入窑洞，喝茶把酒话家常。

（任课教师：朱湘蓉）

农家行

袁庆

（2013 级古代文学专业研究生）

曾在樊笼苦滞留，今朝行远得优游。

日长始遇清风报，岁久终逢朗月酬。

但愿灵犀寻草野，不求彩凤觅高楼。

夜阑畅饮农家酒，醉在心中不是愁。

（任课教师：王怀中）

答友人

刘亮亮

（2013 级古代文学专业研究生）

伤离恨别只君知，春意阑珊人意痴。

南国怕吟红豆句，西窗愁和断肠诗。

悬知远道遗鱼目，会有深宵化蝶时。

驿使幸逢杨柳岸，折来聊寄两三枝。

（任课教师：王怀中）

逢雨二首

蒲兵

（2013 级古代文学专业研究生）

其一

北天久旱甘霖降，惬坐闲庭曲水边。

芳草渐侵深碧色，牡丹慢捻薄轻烟。

宝珠穿叶新丝裂，乳燕歇音旧筑悬。

换影移形多挂碍，遥遥灯火伴同眠。

其二

朝惊雨洗石榴红，暮栉清风竹院中。

一阕半成思绪乱，枝头满月正朦胧。

（任课教师：王怀中）

游兴庆宫

郭艳芳

（2013 级古代文学专业研究生）

二月和风吹柳新，长安儿女共游春。

银丝暗紧风筝乱，绿水轻分画舫频。

笑脸微红声渐累，斜阳晚照月将邻。

欢歌自绕行云去，山外箫音是玉人？

（任课教师：王怀中）

卷一 律诗

长安思友

刘荷雨

（2013 级秘书学班）

少长于齐鲁，呼朋登岱宗。

离乡踏秦地，思友诉情衷。

天地何无际，俊杰岂有终。

平生倚豪气，不囿一城中。

（任课教师：王伟）

卷二　对联

卷二　对联

对联一

苏佳佳

（2011 级中文基地班）

清风抚细柳，

淡月照梅花。

（任课教师：胡安顺）

对联二

蔡昕珉

（2011 级中文基地班）

龙腾盛世千年瑞，

蛇舞神州一岁祥。

（任课教师：胡安顺）

对联三

李健康

（2011 级中文基地班）

水上星辰照鱼影，

空中皎月应虫声。

（任课教师：胡安顺）

对联四

黄若然

（2011 级中文基地班）

岸芷东风老，

汀兰烟雨青。

（任课教师：胡安顺）

对联五

王一博

（2011 级中文基地班）

神思造化，乐四时春华秋实，

静观星月，感百年沧海桑田。

（任课教师：胡安顺）

对联六

申红季

（2011 级中文基地班）

风拂荷花掀翠浪，

雨润桃腮染红胭。

（任课教师：胡安顺）

对联七

康安莹

（2011 级中文基地班）

丝竹会友，一曲高山可托意；

佳酿饯别，半城流水难寄情。

（任课教师：胡安顺）

对联八

邵航

（2011 级中文基地班）

钓客蓑衣孤坐

游子短褐独行

（任课教师：胡安顺）

对联九

祁琦

（2011 级中文基地班）

湘江映月，橘子洲头沙鸥点点，

书院依山，爱晚亭外红叶飘飘。

（任课教师：胡安顺）

对联十

李晴

（2011 级中文基地班）

落蕊纷纷春已去，

舞荷脉脉夏初来。

（任课教师：胡安顺）

对联十一

李琬瑶

（2011 级中文基地班）

秦川莽莽，成大汉恢宏气象；

渭水滔滔，育盛唐博大文明。

（任课教师：胡安顺）

对联十二

赵莹

（2011 级中文基地班）

青灯一盏对明月，

浊酒几杯醉朝阳。

（任课教师：胡安顺）

对联十三

姚琳

（2011 级中文基地班）

春风吹绿千枝柳，

时雨催红万树花。

（任课教师：胡安顺）

对联十四

李晨霞

（2011 级中文基地班）

绿水青山宝地，

茅屋草舍贫居。

（任课教师：胡安顺）

对联十五

李茹欣

（2011 级中文基地班）

春来细雨微风，亦真亦幻；

夏至翠柳繁花，多彩多姿。

（任课教师：胡安顺）

对联十六

赵维多

（2014 级汉语言文学一班）

语妙施智教，

文从敬人师。

（任课教师：胡安顺）

对联十七

马青松

（2014 级汉语言文学一班）

语虑言三省，

文酌字复斟。

（任课教师：胡安顺）

对联十八

张四春

（2014 级汉语言文学一班）

守株待兔客，

缘木求鱼人。

（任课教师：胡安顺）

对联十九

陈秀娟

（2014 级汉语言文学一班）

叹昔日寒窗苦读眉头锁，

喜今朝龙门越过笑颜开。

（任课教师：胡安顺）

对联二十

张悦

（2014 级汉语言文学一班）

谁折旧穗绾新结，君意每如何，剧相思环佩伶仃，声声泣血；
道是情深却缘浅，巫山犹有梦，长记取木兰般涉，字字锥心。

（任课教师：胡安顺）

对联二十一

漆芷妤

（2014 级汉语言文学一班）

　　醒来明月怀中抱，
　　醉后清风袖里藏。

（任课教师：胡安顺）

对联二十二

沈科含

（2014 级汉语言文学一班）

　　横批：物是人非
旧地如重游，花已向晚，深闺徒留胭脂味；
月圆更寂寞，琴声何来，随风飘散叹息声。

（任课教师：胡安顺）

对联二十三

刘婉莹

（2014 级汉语言文学一班）

疏梅不得共人语，残月可解意；
野鹤仍待冲天飞，闲云能知情。

（任课教师：胡安顺）

对联二十四

杨梦

（2014级汉语言文学一班）

横批：年轮

日月轮回，几经冬夏；

风雨交替，转眼春秋。

（任课教师：胡安顺）

对联二十五

赵雪凌

（2014级汉语言文学一班）

千秋岳阳楼蕴含天下事，

方丈项脊轩包罗世间情。

（任课教师：胡安顺）

对联二十六

郎平

（2014级汉语言文学一班）

雅志闲心，五柳先生靖节士；

高情傲骨，青莲居士谪仙人。

（任课教师：胡安顺）

对联二十七

苏艺萌

（2014级汉语言文学一班）

千言万语，未道游子心中思念；

累月经年，却见慈父鬓角白斑。

（任课教师：胡安顺）

对联二十八

叶子

（2014 级汉语言文学一班）

青山袅袅增春色，
碧水迢迢流乐声。

（任课教师：胡安顺）

对联二十九

邹子熠

（2014 级汉语言文学一班）

水清鱼近月，
山静鸟谈天。

（任课教师：胡安顺）

对联三十

祝潇

（2014 级汉语言文学一班）

轩窗掩苍翠，
歌诵答潺湲。

（任课教师：胡安顺）

对联三十一

白月

（2014 级汉语言文学一班）

灯下慈母，看相片，忆往事；
远方游人，望明月，寄相思。

（任课教师：胡安顺）

对联三十二

蒋鉴樱

（2014级汉语言文学一班）

两盏清茶书半卷，

三刻凝神知一分。

（任课教师：胡安顺）

对联三十三

马润馨

（2013级汉语言文学四班）

惊涛拍岸，鱼潜深渊底，自古丈夫乃坚忍；

闲云傍山，鹰击长空中，从来男儿当自强。

（任课教师：胡安顺）

对联三十四

苏日娜

（2013级汉语言文学四班）

瑞雪朝阳千百态，

寒梅入砚四时春。

（任课教师：胡安顺）

对联三十五

宁倩

（2013级汉语言文学四班）

牛背牧童横竹笛；

舟头钓叟醉陶杯。

（任课教师：胡安顺）

对联三十六

李昕

（2013级汉语言文学四班）

少年侠气，且把冰心飞北地；
白首雄心，常将傲骨付东风。

（任课教师：胡安顺）

对联三十七

王愿

（2013级汉语言文学四班）

宝剑磨锋，一朝出鞘惊天下；
梅花历雪，腊月盛开香乾坤。

（任课教师：胡安顺）

对联三十八

兰英

（2013级汉语言文学四班）

春雨霏霏，欲洗陈年往事；
夜雨淅淅，将涤俗世尘心。

（任课教师：胡安顺）

对联三十九

石刘

（2013级汉语言文学四班）

韬光养晦，学业方可纯熟；
锐意进取，研究乃得精深。
横批：寒窗苦读

（任课教师：胡安顺）

对联四十

曾柳

（2013 级汉语言文学四班）

临水看云，

把笔写竹。

（任课教师：胡安顺）

对联四十一

刘海霞

（2013 级汉语言文学四班）

水中捞月空余力，

镜里摘花岂堪夸。

（任课教师：胡安顺）

对联四十二

张凯祎

（2013 级汉语言文学四班）

片纸能缩天下意，

一笔可画古今情。

（任课教师：胡安顺）

对联四十三

赵兴

（2013 级汉语言文学四班）

学无止境，寻到源头方悟彻；

理本精深，登攀巅顶莫辞劳。

（任课教师：胡安顺）

对联四十四

游晗瑞

（2013级汉语言文学四班）

顶天立地展英雄气概，

清正廉洁舒两袖清风。

　　横批：父母青天

（任课教师：胡安顺）

对联四十五

赵瑞

（2013级汉语言文学四班）

叶底鸣蝉添暑意，

风中来雁惹秋思。

（任课教师：胡安顺）

对联四十六

翟雪娇

（2013级汉语言文学四班）

绕堤柳，柳映清波，更添三篙翠。

逐水花，花渡残影，却少一味香。

　　横批：春和景明

（任课教师：胡安顺）

对联四十七

何茜

（2013级汉语言文学四班）

来日方长，不必贪心留一念；

今生苦短，且要精慎创来年。

（任课教师：胡安顺）

对联四十八

吴冰冰

（2013 级汉语言文学四班）

蘸五千年华彩浓墨，书炎黄腾翔环宇，

承七十载杏坛丹心，歌桃李开遍神州。

（任课教师：胡安顺）

对联四十九

何海青

（2013 级汉语言文学四班）

七秩树人，钟灵雁塔英才荟萃；

百年师表，恢宏长安群贤毕集。

（任课教师：胡安顺）

对联五十

朱万娟

（2013 级汉语言文学四班）

莫道春秋少佳日，

应惜风雨多故人。

（任课教师：胡安顺）

对联五十一

胡冬柏

（2013 级汉语言文学四班）

由来童心常碰壁，

偏多傲骨不折腰。

（任课教师：胡安顺）

对联五十二

刘荣桢

（2013 级汉语言文学四班）

鸳鸯双栖中庭树，

鸾凤和鸣碧玉枝。

（任课教师：胡安顺）

对联五十三

巨亚红

（2013 级汉语言文学四班）

观天下书，以书为师友，得一方清静；

行世间路，将屦作舟车，觅千种风情。

（任课教师：胡安顺）

对联五十四

蔡春璞

（2013 级汉语言文学四班）

勤习圣贤书，济人利物；

苦练瑶琴曲，适性怡情。

（任课教师：胡安顺）

对联五十五

马玉贞

（2013 级汉语言文学四班）

风风雨雨，走走停停，处处寻寻觅觅；

暖暖寒寒，朝朝暮暮，时时喜喜欢欢。

（任课教师：胡安顺）

卷三　词

卷三　词

卜算子·咏草

任欢欢

（2011 级中文基地班）

又至复苏时，万物光无限。满目缤纷竞斗
妍，逢此群芳艳。

春季雪消融，雨打枝折冠。昂首直腰复似
前，不屈草精神见。

（任课教师：胡安顺）

浣溪沙

蔡昕珉

（2011 级中文基地班）

绿树浓荫夏日凉，楼台掩映入斜阳，蔷薇架
下一池香。

云卷云舒空自在，花开花落自芬芳。诗书茗
茉伴身旁。

（任课教师：胡安顺）

十六字令

赵博

（2011 级中文基地班）

天！何日贤君临我前？相携手，共饮赏婵娟。

（任课教师：胡安顺）

忆江南

胡萌萌

（2011 级中文基地班）

云初散，雨霁月来墙。春早青青杨柳立，池低细细早荷香。无语对流光。

（任课教师：胡安顺）

虞美人　疏梅枝下

赵娟

（2011 级中文基地班）

寒梅枝上邀谁伴，休道春风远。幽幽粉萼素颜开，碧水清波偏渡暗香来。

渔灯点点千千绪，莲步寻芳去。凝思无语问青天，孤月一轮不觉落晓天。

（任课教师：胡安顺）

忆江南

甄杨林

（2011 级中文基地班）

春光好，日暖雪消融。袅袅东风吹柳绿，蒙蒙细雨点花红。飞燕过苍穹。

（任课教师：胡安顺）

乌夜啼

杨晓雅

（2011 级中文基地班）

泪凝独望寒宫，夜无休。无奈叹息花落太匆匆。

断肠梦，别离酒，醉人愁。自是箫声催泪泪难收。

（任课教师：胡安顺）

渔歌子

邢璐

（2011 级中文基地班）

晨早穿林过竹桥，柔风轻拂小荷摇。斜倚木，问芭蕉，红颜菡萏最多娇。

（任课教师：胡安顺）

渔歌子

姚琳

（2011级中文基地班）

平日文章事最疏，羞将儒冠对当垆。

空自语，念当初，天边云卷又云舒。

（任课教师：胡安顺）

渔歌子

边士心

（2011级中文基地班）

独倚栏杆影自留，夕阳残照杏花羞。

无所有，亦无求，清波荡漾晚归舟。

（任课教师：胡安顺）

长相思

祁琦

（2011级中文基地班）

山一程，水一程，船下潭州潮水平，相逢两岸晴。

送长亭，送短亭，折柳依依泪眼凝，渡头不忍行。

（任课教师：胡安顺）

相见欢

李健康

（2011级中文基地班）

晚风暮雨残芳，旧颓墙。惜一树红枫竟落秋凉。

少年志，老来识，自思量。岁月难留难抵世无常。

（任课教师：胡安顺）

解连环　悼念外婆马文英

王宝

（2011 级中文基地班）

怅西风起，卷茫茫厚土，漫高坡壁。唢呐声，涕涕嗷嗷，任悲泪几行，漱漱垂泣。哽咽咽喉，不堪忍，亲人无觅。外婆初逝了，蹒跚老态，慈容犹记。

哀乡赶行万里，方披麻戴孝，泣涕灵祭。热火天，担饭曲行，向后山修坟，舞镢天际。大汗淋漓，应想见，痛腰酸臂。想当年，外婆劳模，英雄事迹。

（任课教师：胡安顺）

水调歌头　忆远通小学生活

王宝

（2011 级中文基地班）

长使吾怀恋，难忘幼学园。八歪七扭窗外，朗朗背春眠。节日舞台歌荡，郊外春游风畅，笑语冲蓝天。更有师生意，东风暖心田。

当舍长，登名榜，醉心田。只今应叹，冷落凋敝已时迁！荒草杂生西苑，宿舍饭堂低暗，渺渺远如烟。独自立阶望，燕过旧楼前。

（任课教师：胡安顺）

如梦令

陈姣

（2011级中文基地班）

难忘孩提时候，常戏庭前屋后。慈母爱盈盈，
轻拭小儿薄厚。今后，今后，欢乐韶光不逗。

（任课教师：胡安顺）

渔歌子

唐甜雨

（2011级中文基地班）

巴蜀春来碧满山，桃花吹遍绿杨湾。
莺鸣涧，水潺潺，良人相伴不须还。

（任课教师：胡安顺）

长相思

李婉瑶

（2011级中文基地班）

桃花红，荷花红，春去匆匆夏又终，年华流似风。
名成空，利成空，箬笠蓑衣烟雨蒙，溪边垂钓翁。

（任课教师：胡安顺）

八声甘州

张牧易

（2011 级中文基地班）

记连宵寒雨送君归，离恨诉飘蓬。拟弹铗歌罢，浪尖立马，敢缚鱼龙。刺字总堪漫灭，诗剑两无功。世事果如许，难问穷通。

挥手白云不语，看青春去去，人影匆匆。解青蚨换酒，豪饮与君同。一番醉，一番啼笑，任平生，好去老雕虫。天涯路，少年何处，能试雕弓？

（任课教师：胡安顺）

卷二 词

江南春

黄竞贤

（2011 级中文基地班）

花弄影，燕双飞。新烟凝碧色，染柳唤春回。画船听雨微醺醉，试问游人归不归。

（任课教师：胡安顺）

渔歌子

李茹欣

（2011 级中文基地班）

云霭沉沉没暖阳，轻风卷雨鸟儿藏。
春花落，小桥旁，空园静寂水生香。

（任课教师：胡安顺）

一剪梅
盖文文
（2011 级中文基地班）

一叶扁舟秋水辽，江上起潮，岸上枝摇。黄昏桥上影寥寥，樵客于郊，渔唱萧萧。

飞鸟匆匆不可邀，月上树梢，情切难捎。此愁无计不得消，暮雨飘飘，心上焦焦。

（任课教师：胡安顺）

如梦令
苏佳佳
（2011 级中文基地班）

梅子新愁初酿，独与斜阳相望。回首是苍茫，难寄平生痴想。相忘，相忘，自是人间惆怅。

（任课教师：胡安顺）

菩萨蛮
卫清荷
（2011 级中文基地班）

当年舞袖清歌上，花间月下两相望。怪侬不顾羞，与君誓白头。

泪洒素笺字，闲勾伤心事。此事暂休提，莫使意凄凄。

（任课教师：胡安顺）

渔歌子

马青松

（2014 级汉语言文学一班）

旭日东升晓雾飞，远山如黛彩云追。

松柏翠，荆花绯，迷人景色忘回归。

（任课教师：胡安顺）

如梦令　赠友

张四春

（2014 级汉语言文学一班）

独爱悠悠落木，去雁更识云路。伫立晚风中，
不解魂归何处。回顾，回顾，天阔水长难驻。

（任课教师：胡安顺）

浣溪沙　桃花胭色映春溪

张悦

（2014 级汉语言文学一班）

风暖拂巾垂柳依，桃花胭色映春溪。小蜂戏
蕊绿莺啼。

碧水轻舟花两岸，缤纷馥郁醉迷离。笑迎斗
艳引诗题。

（任课教师：胡安顺）

菩萨蛮

沈科含

（2014 级汉语言文学一班）

劝君莫作怜花句，梨花此去归无计。留笔写桃夭，桃夭华且娇。

惜春须趁早，莫被繁花扰。月半小楼西，花月误佳期。

（任课教师：胡安顺）

鹊桥仙　七夕

刘婉莹

（2014 级汉语言文学一班）

残霞西逝，落红东去。且向瑶池寄语，问谁千古是情痴？怎堪别，霜丝几缕。

月勾摆渡，鹊桥漫步。莫把佳期相负。尘间多少苦相思？到头却，形同陌路。

（任课教师：胡安顺）

忆江南

邹子熠

（2014 级汉语言文学一班）

溪桥立，细柳绕堤沙。云梦环山春醉此，醉时已晚日头斜。何处是归家？

（任课教师：胡安顺）

浣溪沙

王海英

（2014级汉语言文学一班）

犹记儿时绕树玩，不知风雨不忧寒，空言愁苦任凭栏。

今历琢磨成半品，始知万事有其难，欲凌绝顶须攀岩。

（任课教师：胡安顺）

浣溪沙

朵芝君

（2014级汉语言文学一班）

向晚长空宿鸟低，凭窗惯看水流西。寒灯数点夜迷离。

伴我梅前浮倩影，入君梦里有灵犀。天涯可否问归期。

（任课教师：胡安顺）

西江月

马润馨

（2013级汉语言文学四班）

柳树再添新意，芭蕉绿了还红。时光飞逝蓦然中，禁不住前事涌。

入夜繁星点点，花前月影朦朦。不知酒醒问儿童，轻叹痴心成空。

（任课教师：胡安顺）

长相思

胡婷

（2013 级汉语言文学四班）

西风吹，北风吹，吹到沙山响似雷。清泉几度恢。

大雁归，喜鹊归，薄雾袅袅挟日辉。思乡人未回。

（任课教师：胡安顺）

采桑子

王佳莹

（2013 级汉语言文学四班）

春来春去年年有，花落匆匆，燕过重重，暮雨潇潇寒意浓。

此情此景无须恨，月尚溶溶，水更淙淙，又补新笺旧册中。

（任课教师：胡安顺）

采桑子

朱万娟

（2013 级汉语言文学四班）

小城巷口微茫里，月浅夜深，疏处分襟，执手无言暖到心。

月台车过催青梦，汽笛鸣音，何处追寻，独自逡巡独自吟。

（任课教师：胡安顺）

十六字令

刘荣桢

（2013 级汉语言文学四班）

愁，书尽平生未肯休。红颜老，何处人可留？

（任课教师：胡安顺）

临江仙

刘一含

（2013 级汉语言文学四班）

昨夜落花风解语，寒帘卷得分明。忽来一梦又逢卿。成眠偏侧卧，点点恨长更。

蔓草波风秋已晚，青春伴我同行。整衣趋步又来听。醒愁唯少酒，不度那时情。

（任课教师：胡安顺）

鹧鸪天　梅花

陈可心

（2013 级汉语言文学四班）

明亮粉红暗香融，心高骨傲远繁荣。何须迎春争艳色，自是百花第一重。

兰难比，菊高风，白雪簇簇独立东。置于寒天免流俗，岁寒之友节气浓。

（任课教师：胡安顺）

卷三　词

长相思

王子璇

（2013 级汉语言文学四班）

风亦柔，雨亦柔，古渡潮水空自流，焉知离恨愁。

春夜忧，秋夜忧，春日红颜秋日收，月明独倚楼。

（任课教师：胡安顺）

浪淘沙

卯建伟

（2012 级中文基地班）

羁旅旧长安，回梦凭栏。茶花开遍似从前，

多少痴情空付与，夜永难堪。

衰草接寒山，依旧流连。酒残夜半听杜鹃，

水远山长庭院缈，泪湿红笺。

（任课教师：祁伟）

蝶恋花

胡钰

（2012 级中文基地班）

浅碧轻红花弄雨，池榭蒙蒙，清水浮萍遇。

昨日与君舟泛去，夜阑辗转谁人叙。

橘绿橙黄云漫舞，风月琳琅，不见芳如故。

此去经年人已暮，良辰好景君空负。

（任课教师：祁伟）

青玉案

胡钰

（2012 级中文基地班）

蛾眉淡扫梳妆晚，忆折柳，相思远。却话轩窗昨夜短，惊眠未见，梦痕湿眼，此念空余怨。

边城烽火连弓箭，宵枕金戈马蹄乱。独伫危楼霜无限，断肠何处？雨携幽雁，寂静愁孤院。

（任课教师：祁伟）

苏幕遮　长相忆

张恰恰

（2012 级中文基地班）

冷宵灯，深窗牖。且尽贪欢，且尽贪欢后。别恨不堪徒白首。梦醒相思，梦醒相思否？

忆流年，肠断久。有个人儿，有个人儿瘦。残酒七夕难饮就。莫若初识，莫若初时候。

（任课教师：祁伟）

眼儿媚　莫相恋

张恰恰

（2012 级中文基地班）

烟宵月冷漏灯纱，落雨彻京华。寒霜坠叶，梦沉窗下，人远天涯。

几多风月当年事，尽似镜中花。相思不会，朦胧时候，已似尘沙。

（任课教师：祁伟）

卷三　词

采桑子

张格格

（2012 级中文基地班）

风拂垂柳花低语，燕子低旋，绿水涟涟。独漫沙渚泪落衫。

余晖渐破沉天际，烛影疏残，怎奈流年，梦里窗寒改俏颜。

（任课教师：祁伟）

长相思

徐晗

（2012 级中文基地班）

烟朦胧，雨朦胧，烛泣残灯秋意浓。相思泪满瞳。
水玲珑，月玲珑，梦里寒风吹落红。素笺寄孤鸿。

（任课教师：祁伟）

浣溪沙

邢文

（2012 级中文基地班）

入夏竟得整日闲，逢节愈念故乡还，奈何无法度山关。

才信知愁非幼少，已尝焦虑在少年，徒将双目泪潸潸。

（任课教师：祁伟）

青玉案

陶然

（2012 级中文基地班）

荼蘼散尽千红雾，明月隐，忘归路。细雨芭蕉迷摆渡，重帘朱幕，流萤芳树，灯火黄昏处。

小荷乱落青塘露，寂寞涟漪碧如素。已脱人群且漫步，苔痕如洗。画楼听雨，难忘还难诉。

（任课教师：祁伟）

苏幕遮

陶然

（2012 级中文基地班）

玉筌寒，星月碎。转盏倾杯，怨语无人对。空锁春深焉不悔？剪断青丝，泪坠伊人醉。

燕双飞，非羽征。婉转传书，陌上花开未。浅草萝花开重岁。古道阳关，细雨伶仃坠。

（任课教师：祁伟）

清平乐　4月26日友人来访即景

马天娇

（2012 级中文基地班）

阳春甚早，微雨晴方好。得意少年何惧老，携友攀花折道。

新知旧伴同游，秋香潋滟风流。且把江山指点，挥毫泼墨春秋。

（任课教师：祁伟）

虞美人

李亭乐

（2012级中文基地班）

狂风叶乱秋江恼，日月光华老。寒蝉凄切离愁浓，花落不知故地几人逢？

朱颜易改情难断，清素金不换。天高海阔任君游，来日对樽邀月笑方侯。

（任课教师：祁伟）

一剪梅

韩月霞

（2012级中文基地班）

笑看春风桃李争，雪化甘琼，莺也娉婷。蹙眉细语倚来听，鹊起嘤嘤，水咽泠泠。

锦瑟年华何几曾？水秀山清，天地无声。双莲并蒂总关情，侬莫仍仍，我本卿卿。

（任课教师：祁伟）

蝶恋花　连翘

韩月霞

（2012级中文基地班）

借得黄衣金粟晓，淡减三分，轻嗅胭脂少。难忍流光催谢了，谁人慧眼知青老？

误解连翘徒面俏，迟暮佳人，不负浮生貌。疑是月宫仙袂捣，凡尘羽化医回妙。

（任课教师：祁伟）

长相思

姜丽嫒

（2012 级中文基地班）

读严歌苓《陆犯焉识》有所感，遂作此词

朝也思，暮也思，思到天明目渐痴。此情无尽时。

风疾驰，马疾驰，赴应妻约怎奈离。见卿应不迟。

（任课教师：祁伟）

踏莎行

李琼

（2012 级中文基地班）

秋日西楼，暮风轻飐，霓裳舞罢秦筝响。翠阴帘外碧涛前，黄花开遍同君赏。

斜倚兰舷，缓歌轻唱，灵犀一点心波漾。归来柳叶抚蛾眉，且题新月朱墙上。

（任课教师：祁伟）

水调歌头

李琼

（2012 级中文基地班）

晓来寒声碎，薄暮染轩窗。知卿为我，垂泪沾袖惹尘香。犹记灯花煌煌，醉倒昨宵红帐，今夕又何妨。只忧酒终醒，凭甚诉衷肠。

理云鬓，笑痴妄，起彷徨。影沉秋水，花间孤影难成双。醉里南柯梦访，素影乘月风华，红烛半昏黄。最是销魂处，弦断续宫商。

（任课教师：祁伟）

卷三　词

蝶恋花

徐晶晶

（2012 级中文基地班）

日暮寒山残柳弱。雁阵曾识，寄语归河洛。
醉里不知身是客，挑帘邀月觥筹措。

一霎金风愁叶落。宛转琴声，绿绮秋萧索。
神女新妆为谁悦？牡丹垂泪应思我。

（任课教师：祁伟）

相见欢

常钰

（2012 级中文基地班）

幽窗灯火阑珊，不能眠。无奈烟雨梧叶惹人烦。
浮生愿，不曾断，却无言。唯念梦中相见让人癫。

（任课教师：祁伟）

钗头凤

胡若清

（2012 级中文基地班）

路迢遥，人年少，几度斜阳离歌早。杨柳岸，
相思畔，倚栏独语，谁与共言。念，念，念。

红豆小，海棠傲，梦里依稀佳人貌。卿且安，
犹未变，相思几缕，天涯望远。盼，盼，盼。

（任课教师：祁伟）

蝶恋花

董敏

（2012 级中文基地班）

只影斜晖春眼浅，暗羡成双，帘里偷掀看。
不信轮回拆侣雁，佛前许下三生愿。

有意高楼抛绣瓣，月老无心，反系红丝线。
从此柳苹非絮圈，谢桥归莺横空断。

（任课教师：祁伟）

蝶恋花

董敏

（2012 级中文基地班）

雨舍寒檐青瓦露，燕子飞来，戏入梧桐户。
探头斜瞻双豆目，墨裁流羽缠胸素。

可爱却非留恋物，总也飞离，飞去成双处。
老木空开花许许，心中甘苦凭谁吐。

（任课教师：祁伟）

踏莎行

屈艺维

（2012 级中文基地班）

枫叶迭楼，荻花深处，素衣白裳门前驻。拨
弦弄月品鄘渌，秀儿浅笑低回顾。

君去经年，书题锦幕，雁归难寄情丝去。残
红空映黛眉愁，寒窗冷雨斜阳暮。

（任课教师：祁伟）

诉衷情

屈艺维

（2012 级中文基地班）

初昔月上柳梢头，少年正风流。如今对镜无趣，把盏酹闲愁。

寒月夜，自回眸，泪难休。往昔谁料，心在潇湘，身入秦秋。

（任课教师：祁伟）

临江仙

沙文博

（2012 级中文基地班）

流连洞中光景好，今时难辨昏晓，不知日在洞门娇，欲戏先躺倒，榻里把杯摇。

惊惧浑体肥肉跳，称来几欲折腰。管他众眼削千刀，且吃但弃疗，伴豕共嚣嚣。

（任课教师：祁伟）

长相思

郭彦君

（2012 级中文基地班）

长相思，在长安。昆明湖水静无澜，鸭子羽清浮梦寒。溽夜难眠思欲绝，孤灯枯坐长轻叹。小字红笺书不断。梦入青青之九天，泪堕太平之碧澜。山长水远魂飞若，梦魂不到京北难。长相思，摧心肝。

（任课教师：祁伟）

鹧鸪天

张萌萌

（2011 级汉语言文学交换生）

碧草黄花映斜阳，清风拂柳月如霜。凄凄夜雨惊忽至，飒飒梧桐舞欲狂。

春晓起，驻湖旁。落红残叶满池塘。晴空一日三更雨，最似人生无有常。

（任课教师：祁伟）

相思引

段欣然

（2013 级汉语言文学创新实验班）

小弄琵琶曲调幽，轻舒笺纸笔含愁。月明千里，无语晚妆楼。

憔悴花容消渐瘦，梦回初遇恨难休。当时红豆，原是不堪留。

（任课教师：祁伟）

千秋岁　赏油菜

赵国霞

（2013 级汉语言文学创新实验班）

远如黄缦。绮丽穿田涧。春风拂，波涛卷。首镶黄萼结，身披翠罗幔。亭亭立，含羞脉脉吟低叹。

竞相争春灿。只为结籽满。芳香溢，蝶蜂

恋。平生托烈日，无奈惧寒霰。思其岁，芳华
不过春三变。

（任课教师：祁伟）

清平乐

王涛

（2013 级汉语言文学创新实验班）

忆与友东湖饮酒，月下花色甚美。后互送还
家，皆醉不识路，以为笑谈。

酒痕花意，如梦应难记。微火引蛾敲木几，
月下东风易醉。

杏花过后梨花，送人不必还家。若是年年花
好，哪管人在天涯？

（任课教师：祁伟）

御街行

林梦瑶

（2013 级汉语言文学创新实验班）

檀香绕指青丝断，理复乱、轻罗扇。数峰
遥看黯销魂，月半梳来思念。天涯路远，小窗闲
眺，几度光阴转。

幻游相见明珠散，恨梦短、斜光满。寒衾
懒起伤惆怅，犹挂泪痕阑干。似真亦假，一年又
至，虚影空嗟叹。

（任课教师：祁伟）

江城子　正午有约

王欣杰

（2013 级汉语言文学创新实验班）

云懒蝉噪日高时，倦容仪，苦冰肌，不改相思，因约苑中池。不晓凫嬉频展翅，君笑我，是情痴。

与君相恋已多期，纵濒危，不相离，哪怕天涯，也定共相随。却看水禽波里并，池里戏，水中漪。

（任课教师：祁伟）

长相思

朱宇佳

（2013 级汉语言文学创新实验班）

来匆匆，去匆匆。相见犹疑是梦中。楼高思过鸿。
日忡忡，夜忡忡。却似姮娥居月宫。此情谁与同？

（任课教师：祁伟）

更漏子

寇金花

（2013 级汉语言文学创新实验班）

惹垂帘，清宵半，风探小楼幽懒。偎淡月，恼听蝉，惜蔷薇正眠。

香靥弱，怕吹落，薄骨初生嫩萼。便此后，夜阑珊，何寻共暖寒。

（任课教师：祁伟）

捣练子

鲁扬

(2013 级汉语言文学创新实验班)

秋夜静，晚亭空，骤雨初歇迎晓风。斜月江边寒砧动，远情深恨水中融。

（任课教师：祁伟）

如梦令

周敏

(2013 级汉语言文学创新实验班)

犹记雨晴初露，温婉娇柔遭妒。淡雅比芙蓉，更有诗情满腹。倾慕，倾慕，难忘梦中烟树。

（任课教师：祁伟）

鹧鸪天

汪宏

(2013 级汉语言文学创新实验班)

雨横风狂一叶舟，无穷幽恨水空流。地经吴楚东南坼，身共乾坤日夜浮。

花不语，鸟衔愁，春光荡漾动离忧。只缘蝶梦朝朝破，但作逍遥物外游。

（任课教师：祁伟）

浪淘沙

卢瑶

（2013 级汉语言文学创新实验班）

深院锁梧桐，烟月朦朦。曾经新木破苍穹。
怎奈光阴飞逝也，好景匆匆。

回首往昔中，碧叶葱茏。任由梢上过寒风。
切莫再提旧年月，万事成空。

（任课教师：祁伟）

浣溪沙　孟春

吴丹

（2013 级汉语言文学创新实验班华南师范大学交换生）

清晓妆成寒食天，青杨逐客引秋千，颓颜温
酒坐樽前。

社燕殷勤填冷屋，兰花贪暖懒抽芽。无风来
兮雨珠帘。

（任课教师：祁伟）

蝶恋花

黄曼旖

（2013 级汉语言文学创新实验班华南师范大学交换生）

芳草萋萋春似旧，门掩黄昏，懒起灌纤手。
体弱难消新醅酒，昨夜雨疏东风骤。

千万缕愁人渐瘦，极目江楼，望断泪长流。
最是丛中一握手，暗香依旧盈满袖。

（任课教师：祁伟）

虞美人

仇浩扬

（2013 级中文基地班）

九霄月下钟声荡，忆昔城楼上。古城新曲夜升平，依旧霓旌歌舞似华京。

华筵笙钥仍存舫，可惜君难望。如何问月断相思，醉后轻身暂与世间辞。

（任课教师：祁伟）

点绛唇

周培东

（2013 级中文基地班）

望断天涯，尘缘一梦空相守。画中莲藕，荷老难牵手。

夜锁楼台，影乱阶前柳。君知否。自君别后，露冷婵娟瘦。

（任课教师：祁伟）

捣练子

南瑛

（2013 级中文基地班）

庭院静，小轩窗，轻触微风似水凉。无奈芳心怀旧事，寂寥长夜杏花香。

（任课教师：祁伟）

卜算子

侯一菲

（2013 级中文基地班）

相去万重山，渺邈千条路。犹忆春江始得开，又有春来度。

雁过到离时，泪洒长亭树。唯恐相逢在梦中，只把鸳鸯慕。

（任课教师：祁伟）

浪淘沙

彭海萌

（2013 级中文基地班）

窗外雨如丝，绿意参差。桥边雨霁绿未衰，还与晴光相媚好，一曲欢嬉。

梦醒望雨痴，归去未迟。别时池上柳丝垂，待我还乡应似旧，相见有时。

（任课教师：祁伟）

长相思

兰兰草

（2013 级中文基地班）

盈有时，缺有时，盈缺婵娟难自持，任由天行之。得何时，失何时，得失神人未可知，岂须细细思。

（任课教师：祁伟）

蝶恋花

兰兰草

（2013 级中文基地班）

野旷天低空竞渡。冷月高悬，星夜寒无数。
梦里岂知芳易误，一丝情切无人顾。

金瓦朱墙长相诉。流转清辉，洒向人行处。
秋意偏伤离别苦，暗中谁把秋心负？

（任课教师：祁伟）

醉花阴　赋新词

黄雨晨

（2013 级中文基地班）

强赋愁词还欲妙，鸾镜空烦照。执笔又休
休，宝髻铅华，何事终难料。

思君邀赴鸳鸯庙，喜画眉微肖。莫道不殷
勤，巧句将成，没把侬嘲笑。

（任课教师：祁伟）

苏幕遮　不见长安

肖迪

（2013 级中文基地班）

绿云堤，杨柳岸。十里青烟，夕照烟波散。
风度长情波似练。回首残阳，望江山无限。

倚楼台，听雨叹。旧梦萦回，杯酒无人伴。
月落蟾宫几若幻。不见长安，元帝相思断。

（任课教师：祁伟）

西江月

张迪

（2013 级中文基地班）

帘卷痴痴独坐，离多聚少成空。片时欢笑两相通。便觉虚实无定。

一寸相思难释，两行清泪无终。玉笺复看却朦胧。情事原来有命。

（任课教师：祁伟）

鹧鸪天

张迪

（2013 级中文基地班）

一对鸳鸯戏未休，相依如许尚何求？为君折柳连绵雨，夜夜声声是别愁。

肠已断，泪难收。记将心誓一生求。与谁同度凄凉日？只是梦中暂忘忧。

（任课教师：祁伟）

苍梧谣　志愿军遗骸返乡

潘唯

（2013 级中文基地班）

眠！埋骨青山六十年。魂难灭，忠义感苍天。

（任课教师：祁伟）

渔家傲

欧阳玉环

（2013 级中文基地班）

暴雪乍来新春际。冷霜肆冽无情意。万户暖

洋灯火起。棚户里，健康冷暖妻儿系。

安好一声家万里。工程未竣归无计。残月清幽霜满地，人不寐，民工鬓白辛酸泪。

（任课教师：祁伟）

鹧鸪天　念故交

张馨笛

（2013 级中文基地班）

天地云游随处栖。忽逢知己有灵犀。烹茶煮酒摆棋局，踏雪十里迎马蹄。

痴梦醒，各东西。瑶琴空置自悲凄。经年不问别离久，并辔逐风月映溪。

（任课教师：祁伟）

雨霖铃　思远人

周志颖

（2013 级中文基地班）

霖霖清馆，别蔷薇径，落红尘满。年年好景依旧，斜阳怎奈，昔人闺掩。往事如烟，细雨劲风尽飘散。莫怨念、应恨长亭，总惹欢欣变独伴。

终得梦里风情晚，倚轩窗、共饮清茗暖。遥遥信笺书意，心破碎、不由肠断。易谢韶华，休道离别消息缓。路漫漫、不问归期，只愿君安坦。

（任课教师：祁伟）

卷四 散文

卷四　散文

游西塘记

陈群

（2011 级中文基地班）

西塘，处浙江嘉善，昔吴越相交之地，故有"吴越人家"之称，吴越文化之发祥地也。

庚寅四月，春暖花开，余三五好友偕行，共游西塘。

初到西塘，见临河街道皆有廊棚蜿蜒，木质结构，黛瓦盖顶，连为一体，俗称"一落水"。人行其下，可免日晒雨淋。棚廊下有江南人家，鬻折扇字画，各式糕点。余最喜其桂花芡实糕者，未入口桂花清香扑鼻，入则口感细腻，嚼之微具弹性，回味无穷，余好友亦皆爱之。

余等于正午时分立于卧龙桥上，居高临下，西塘全景一览无余。此时阳光和煦，清风温柔，水波盈盈间，乌篷摇曳徐徐而来。河边青石板路，木质衣架数排站立，晾衣飘飘。岸上杨柳依依，几树桃花怒放，有画家数人相与写生。余见其笔下之西塘小桥流水，粉墙黛瓦，柳絮纷飞，人面桃花相映红，恍惚间，竟以为误入五柳先生之桃源矣。

傍晚途经石皮弄，弄长六十有八米，最宽方一米。若两人邂逅，须侧身而过，不知建造者何意也。

谢灵运曰："天下良辰，美景，赏心，乐事，四者难并。"余不之信也。余游西塘，倍感良辰美景并存，赏心乐事与共。江南春光之美，朋友情谊之深，余深爱之，惜之。

归家路上，余等相约若干年后再赴西塘，寻觅旧日好时光。

（任课教师：胡安顺）

春游云台山

黄竞贤

（2011级中文基地班）

仲春之时，万物复苏。望窗外和风丽日，忽生春游之意。素闻中原山水奇丽者，豫之为最；豫中山水奇丽者，云台山之为最。遂前往游之，同行者三人。

拂衣晨征，乘车赴山中。初到，恍然若临别造之境也，又如世外桃源，与喧闹之尘世隔绝。沿小道，入山林。崇山峻谷，青树翠蔓。恰逢春日，芳草繁花充盈于山间，鸟啼虫鸣萦绕于耳际。一路徐行，四周皆郁郁青山相随，森森古柏环绕。时有清泉幽幽泻出于石间，水皆缥碧，激石而泠泠作响，浪花翻卷，皓若白雪。

下石溪，过春江。春来潮涨，水漫堤岸，促流湍急。缘峭壁侧身而行，俯身穿曲折狭窄之幽洞。忽闻远方有声似疾雷，问向导，曰："瀑布声也。"疾趋数步，雷声渐响。峰回路转，有飞瀑挂于陡崖青壁间。仰面而望，水气如丝，烟雾缭绕，彩虹隐现，万象迷蒙，恍若天境。

余倚松而立，闭目侧听。其声隆隆然，如鼓如雷，如歌如颂，又如千军万马奔腾而至。气势磅礴，地动山摇。始知云台山之壮美，蕴奇于此矣。久之，虽衣衫尽湿，犹不忍离去。

斯日也，众人纵情于云台山水之间，瞩览无厌。春游云台，石秀水清，郁郁葱葱，洗尽都市凡尘浮华，使心凝形释，与万化冥合。余流连至日落，方尽兴而归。

（任课教师：胡安顺）

游华山记

姚琳

（2011 级中文基地班）

壬辰之夏，六月既望，吾与二三友人共访华山。时初到，晨光熹微，遂于山下小店饱餐后始登山。

华山亦谓之西岳，南依秦岭，北瞰黄渭，乃天下第一奇险之山也。吾与友人乘缆车，悬空直升而上，恐惧感顿生，无暇顾及周围景色。至山顶，心境稍和缓。尽目遥望，群峰险峻，尽收眼底。奇松嵌于悬崖之上，云带绕于峰岭之间。远处群山似染，游人如在画中。山峰陡峻，壁立千寻。削石为阶，挂索为梯。长空栈道，悬于绝壁。诚所谓"不登高山，不知天之高也；不临深渊，不知地之厚也"。山间流连，尽享登山旅游之乐。兴尽徒步下山，途中野芳幽香，佳木繁荫，时有清溪泻于涧壑之间，水尤清冽，日光下澈，影布石上，鹅卵之石清晰可见。及至山脚，唯见夕阳之余晖。虽精疲力竭，然心中之满足无以言表，遂咏而归。

（任课教师：胡安顺）

卷四 散文

清明行

莫婷婷

（2011 级中文基地班）

尝闻关中物华天宝，人杰地灵。中华始祖轩辕黄帝长眠于黄陵，华夏母亲河咆哮于壶口，共产党人革命于圣地延安。此皆心中向往之地，癸巳四月，清明时节，恰逢天朗气清，携友人出游三地。

翌日清晨即驱车往黄陵，欲观黄帝陵公祭，然公祭之时谢绝游人入内。虽有不悦，而兴致未消。晌午时分，公祭毕，游人入。映入眼帘乃数千年巨柏，数人方可合抱，相传黄帝手植，正可谓前人栽树后人乘凉也。黄帝陵气势恢宏，黄帝像庄严肃穆，令人望而生畏。

黄昏时分，乘车至宜川，夜宿于此。次日遇当地人欲至壶口，同行引路。渐行渐近，未见瀑布，先闻其声，如千军万马，奔腾而至。景区入口处，踏陡峭岩石，附身而观，如临仙境，岩石间流水愈加湍急。当地人告知，若久留，岩石间流水或涨至岩石顶端，险哉。既而前往延安。

游览延安不过两时辰而已，寻毛主席革命之足迹，访杨家岭、枣园、王家坪、宝塔山、清凉山之旧址，一览陕北窑洞民居，此行足矣。

（任课教师：胡安顺）

游龙门石窟记

邢璐

（2011 级中文基地班）

癸巳之四月，与友人同游洛阳龙门。

初入正门，两旁山峰豁然开朗，唯见一水横贯，波光粼粼。水名伊河，夹岸两山，东曰香山，西曰龙门。东山存蒋宋别墅、白园等故址，西山则为石窟之圣殿，潜溪寺、宾阳三洞、万佛洞、莲花洞、奉先寺等，皆名满天下。

吾与友先登西山。时值暮春，气候温冷适宜，游人摩肩接踵。游人喧嚣，愈显佛像之肃穆。石窟开自魏晋，修自唐，风格不同。若属魏晋所为，则棱骨分明，面庞瘦削，颇有风骨。若体态丰腴，笑眼扬唇，则为唐代之工。石窟众多，佛像难以计数，大者十余米，小者不盈指，体态形貌各异。工艺精湛，造型别致。然佛像多有损坏，全者少也。余不禁喟然而叹："古人尚佛，坚信奉之能了今世之愿，得来生之福，遂塑其雕像，美之精之，何曾想后人割其头，断其身，为换半两黄金，佛难保自身，又岂能保世人之福分？"

（任课教师：胡安顺）

卷四　散文

春游龙虎山

任欢欢

（2011 级中文基地班）

延安瓦窑堡之龙虎山"三季有花，四季常青"。辛卯年庚寅月，万木吐翠，芳草茵茵，百鸟争鸣，阳光和煦，空气清新，余与众友人相约游龙虎山。

清晨八时，余与众友会于龙虎山脚。由十字街顺坡而上，约行三里，见有两层小楼十八排，鳞次栉比，蔚为壮观。复行数里，抬头见一小山，层峦叠翠，郁郁葱葱，有亭立于其上，此乃龙虎山最具教育意义之地——将军纪念园。拾级而上，踏入园中，有高大石柱，精雕细刻，龙凤缠绕。亭外立有九位将军之雕像，庄严肃穆，其中谢子长为陕北革命根据地之开创者兼领导人。

离开将军纪念园，沿坡行数十步，至青云山。青云山有寺名"青云寺"，此日恰逢庙会，满山尽烧香拜佛、看戏会友之人。一时之间，祷告跪拜声、唱戏交谈声，熙熙攘攘，热闹非凡。余与友人亦就便祈祷，愿今年高考鱼跃龙门。出庙会，下青云山，至龙虎山之最高峰脚下。抬头仰望，只见山中有一行石阶，两侧各雕六条巨龙，上三下三，自上而下共七阶。水出龙口，落入池中，似瀑布悬空，飞龙吐瑞，蔚为壮观！既而拾级而上，据说台阶共三百六十五级，合于一年日数，旨在提醒人们珍惜时日。至山顶，满眼桃花，宛若桃花源。众人沿羊肠小道而行，一丘一石，一花一木，莫不留心观览。见一木屋，内放文房四宝，墙挂梅兰竹菊四画，古色古香，清幽雅静。出小屋俯视，山下之景尽入目中，田舍相连，佳蔬菜花，漫无边际。众人席地而坐，小憩就食。所食者，自带之干粮也。留恋至暮，放歌而归。

（任课教师：胡安顺）

问道青城山

于泠泠

（2011 级中文基地班）

都江堰西南二十里，有山名青城山，乃道教之源也。是山古或名天苍山，又曰丈人山，擅"青城天下幽"之美名。初春，余一人登青城山，饱览其盛景。

是山有前山、后山之分。前山多道观人文之景，后山则以青山流水、苍翠四合闻名。李翱有诗云："我来问道无余说，云在青天水在瓶。"

远处望山，只见山唯苍翠，并无奇景，进山途中，始知其高深莫测。临山脚下，溪水冲刷山石之声不绝。其水寒气逼人，盖峰顶冰雪之融水也。途遇中年夫妇二人，遂结伴而行。爬至中段，人渐少，夫妇力竭，余独前往，临别妇人赠余锅盔一块，滋味美妙，至今难忘。

攀至山顶，游人愈少，唯闻鸟鸣阵阵，溪水淙淙。驻足远眺川原，苍天白云，赏心悦目，因悟人生之真谛，千里寻道，道不在斯乎？

（任课教师：胡安顺）

游梁山记

郭瑶瑶

（2011级中文基地班）

时为清明，余与两友约赴乾县梁山一游。

梁山古为兵家重地，周太王逾梁山而建弘基，秦始皇筑城以御夷狄。至唐时，高宗李治与武则天合葬于北峰，陵号乾陵。梁山以此闻名天下也。

是日，天朗气清，微风习习。远观梁山，其北峰苍然高峻，巍然立于两峰之间。此二峰东西对峙，状似双乳，故名"乳峰"。山峰层峦耸翠，颇有仙灵之气。

行至山麓，余等乘车蜿蜒而上。及至中腰，下观山麓，车马行人皆如蝼蚁也。见一大道自天边而来，直贯乾陵峰顶。余等即沿此道以登峰顶。此道宽阔平直，道旁所立翁仲石雕，皆大气恢宏，庄严肃穆。行数百米，有两石碑各立左右，是为唐人所立述圣纪碑及无字碑也。又经两处阙楼，见唐六十一蕃臣像。石像排列规整，然皆有身无首，双手恭握于胸前。问其故，人皆不能解也。

余闻之，梁山乾陵虽为帝后合葬之墓，随葬珍品丰厚，然因其依山为陵，内铸铜铁之壁，故经历代而不为盗所掘。今之文物保护机构亦未盲目开掘，余以为此举甚佳。千年之陵，若一朝开掘而毁，岂不可惜？莫若先行保护之举，待技术完备，再行挖掘，岂不善哉？

（任课教师：胡安顺）

春游曲江

甄杨林

（2011级中文基地班）

暮春三月，莺飞草长，周日余遂与二三子相携以游曲江。

是日清晨，雨霁风清，阳光明媚，空气清爽。自学校东门而出直走，前往曲江池遗址公园。沿途所见，皆赏心悦目之景也：暖风吹柳绿，细雨点花红。巨石耸立，刻唐贤诗赋予其上；琴声悠扬，尽是古曲高韵。有状如圆环者，吟诗坛也；形如小屋者，迷宫也。黄发垂髫，或悠然漫步，或嬉戏打闹，一派宁静祥和之象。

行未几，至曲江，乃"柳暗花明又一村"之景也。沿岸徐行，柳絮扑面而来。耳畔所闻，百鸟啁啾。融融碧水，平静无痕。俄而水面泛起微澜，乃游鱼戏水，鸭掌生波。浪花飞溅之处，乃游艇穿行也。有数块大石平置水中，以作桥之用。游人站于石上，俯视绿水悠悠，仰观春云飘动，近看游鱼自在，远眺楼阁亭台，无边美景尽收眼底。

不觉已至日中，虽暮春之际，然烈日曝晒，加之腹中饥渴，遂与同游者俱去。是岁癸巳年丙辰月。

（任课教师：胡安顺）

花朝游春

李琬瑶

（2011 级中文基地班）

清人蔡云有《咏花朝》曰："百花生日是良辰，未到花朝一半春。万紫千红披锦绣，尚劳点缀贺花神。"花朝之迎，源起南宋淳熙年间，至今已传逾八百年。花朝又名"花神节""百花生辰"，乃华夏民俗也。传说此日天上花神降于凡间，百花于此日竞相开放。旧时女子往往于此日结伴而游，以纸剪成彩旗名之曰"春幡"，若书所思之人于其上，且悬挂于树枝，可得十二花神之佑，喜结良缘。吾众皆以汉俗为趣，遂相约会于小雁塔之畔，迎花朝佳节。

二月十二日，乃花朝之期。是日也，天朗气清，惠风和畅。同行者皆着汉衣冠，穿行于花丛杨柳间。春光乍泄，入眼草色泛绿，嫩叶鹅黄，全不见寒冬萧索之气。雁塔园有春水一池，波光粼粼，清澈可鉴。环湖之景皆映于水，有白鹅三两戏于其中。池边百花斗艳争春，红紫相间。游女成群，风姿绰约，似花仙下凡，人艳花娇，人如桃花，花更似人。

游春之乐，得之心而寓于情也。情之所至，不觉足之蹈之，手之舞之，歌之咏之。须臾，数女翩翩而舞，一女吹埙，余者皆和而歌，观者如潮。午后，日影西斜，游女将春幡挂于春生新枝，许心中所愿，祈花神福祐。至暮，皆尽兴而归。

昔人赴花朝会，多志在许愿结缘。今吾等赴会，志在体验古人雅趣而已。愿华夏美俗，代代相传，年年接续。

（任课教师：胡安顺）

游香积寺

陈姣

（2011 级中文基地班）

清明节，余与友人拟往春香积寺一游。

是日风和日丽，我等乘车至香积寺村，四望而生疑，何来深山，古木安在？古人诗中之景物全无也。及入香积寺，失望绝顶矣。寺门临大路而立，来往车辆不绝。正殿前院，树木矮小稀疏，小商贩零零散散，卖香火者居多，其余皆吃食也，叫卖之声不绝于耳。正殿仅一菩萨居于正中，殿旁为小商店，实无留恋之处。我等移步至后院，花木凌乱，与前院无异。唯见一座断塔，乃知此即香积古塔也。于是余与友人于拍照三两张，聊以纪念。香积古刹，古韵凋零，令人痛心不已。"不知香积寺，数里入云峰。古木无人径，深山何处钟？泉声咽危石，日色冷青松。薄暮空潭曲，安禅制毒龙。"此情此景，让余等往何处寻也？遂黯然离寺。

（任课教师：胡安顺）

春游香溪洞

李晴

（2011 级中文基地班）

时值阳春，草长莺飞，碧柳轻拂。余与好友相携往安康香溪洞一游。人传陕南香溪，玉嵌翠冈，吕祖洞天福地也。吕祖曾于洞中修炼，丹炉炼就纯阳，七里香飘，溪水流淌，故名香溪也。

卷四 散文

香溪洞府，有三重门。名曰头天门、二天门、三天门。吾与友人从山脚攀爬，一路鸟语花香，左侧峭壁横生，右侧谷涧狭长。苍松翠柏，浓荫蔽日，渐入佳境。过花径，至天梯。天梯者，陡峭山岩也。两侧均有铁链以为扶手，仰望而生畏。勉力与友人相扶而行，终攀至峰顶。俯瞰山下，无限风光尽收眼底。人生亦如此。吾辈尝遇险阻坎坷，始则惊惧无措，以为不可逾越也，继则努力克服，终获成功，而有成就之感。

（任课教师：胡安顺）

春游大唐芙蓉园

李娟

（2011 级中文基地班）

适逢五一佳节，天气晴朗，余与友人相约同游大唐芙蓉园。清晨，吾数人于校门口乘车，少顷即至。观其建筑，高大宏伟，大有盛唐之气势。因游人众多，需排队进入。入其门，过小桥，见一假山，其上瀑布奔流直下，水沫四溅，烟雾缭绕，甚为壮观。游人纷纷驻足拍照，不亦乐乎。

园内有宫殿，池塘，小湖。建筑皆承大唐之风，显大唐气派。湖水深不可测，数片荷叶点缀于水面之上，若为夏季，则可见荷花繁茂之景，亭亭玉立，似娇羞少女。塘边绿草环绕，青翠欲滴。水中不乏各色锦鳞，有童扔食于水中，引鱼竞相逐食，时而跃出水面。湖中泊有小船数只，但未见人用。离开湖边，往观歌舞表演，歌舞极具唐代特色，令人难忘。此次游园可谓尽兴，然未观水幕电影，小有遗憾。水幕电影，亦此园一大特色也。

（任课教师：胡安顺）

小议"悟"

卫清荷

（2011 级中文基地班）

古之为学之法甚广，《礼记》有云：博学、审问、慎思、明辨、笃行，而后为学者方能日益精进。然愚以为，为学之道，只一"悟"字足矣。"悟"者，尽吾之心，竭吾之能，以求吾之所求，得吾之所得也。所求者不必论其高低深浅，所得者不必问其轻重贵贱。造化自然之玄妙，宇宙天地之宏阔，世事人情之冷暖，柴米油盐之细琐，莫不以一"悟"字化入我心。以恭恭敬敬之心，悟茫茫渺渺之事，辨真真假假之道，得实实在在之果。当其悟之时，不必正襟危坐，直言厉色，惶惶然若蒙童受教于夫子；亦不必形容憔悴苦想冥思，浑浑然似佛陀遁坐于菩提。及其曲肱枕卧于山野，放浪形骸于江湖，观市井小民之百态，察巷闾百姓之喜悲，目之所视，耳之所闻，以意体会，以心思揣，瞬息之内，俯仰之间，天地俱宽而真机至矣！何必固守书斋，伏案观览，纵使书破万卷，笔下生花，于其所处之时，所立之世，有何意义哉？故余谓之：与其终日而苦学，不如须臾之顿悟也！

（任课教师：胡安顺）

卷四 散文

论学

于泠泠

（2011 级中文基地班）

孔子有云："三人行，必有我师焉。"知不足，发思虑，学人所长，补己所短，此乃学习之目的也。然何以为学？学，必乐之。乐之则必心念之，无时无处，去外事而不顾，废寝而忘食。学，必勤思之。三省吾身，笃志勤学，举一隅则以三隅反，融汇而贯通。学，当善问之，观而弗语不能成事。遇事慎思之，明辨之，好问之。问吾师，亦反躬自问。师知学生之美恶，然后能博喻；学生知己之愚明，然后能易愚为明，学有所得。学，必慎思笃行，知行合一。非慎思不足以铭记，非笃行不足以明智。由是，鲁钝之人，亦可做圣人之学问也。

（任课教师：胡安顺）

论学

赵莹

（2011 级中文基地班）

孟子曰："故天将降大任于斯人也，必先苦其心志，劳其筋骨，饿其体肤，空乏其身，行拂乱其所为，所以动心忍性，曾益其所不能。"古之成大事者莫不如是也，为学亦如此也。

古之成大学问者，幼志于学，为学精深，秉烛夜游，废寝忘食者皆是，有囊萤映雪凿壁偷光者；为学谨严，每有困惑，必问道于他者，无论长幼尊卑，有孔子问礼于老聃，不耻下问者；谦逊谨让，孜孜不倦，忍辱负重，有司马迁成《史记》者是也；学为悦己，身处陋巷，箪食瓢饮，不改其乐，有颜渊者是也。

夫官宦富商王公贵族，纨绔子弟，居华厦美屋，衣绫罗绸缎，行乘高头骏马，食山珍海味，饮琼浆玉液。成大学问者有几人乎！孟子云："生于忧患，死于安乐。"学于广厦高楼之中，笙箫乐鼓，不绝于耳，蠢蠢欲动，心不在焉也；美酒美女，长袖善舞，婀娜多姿，历历在目，恍恍惚惚，心不在焉也；奇珍异味，玉盘珍馐，余香盈口，心不在焉也；手握书卷，神游其外，为学此般，安能成大学问哉！况屈原之《离骚》，仲尼之《春秋》，左丘之《左传》，司马氏之《史记》，岂成书于片刻之间？学问之深，仰之弥高，钻之弥坚，呕心沥血，穷毕生之力，犹不能尽乎，况书卷在手，而神游于其外哉？

由此观之，成大学问者，为学有肆：志于学，勤于学，学必精，学无倦。书山有路勤为径，学海无涯苦作舟。学无止境，持之以恒。若吾辈者能及二三者，虽不能成大方之家，必有所通也。

（任课教师：胡安顺）

论学

沈卓

（2011 级中文基地班）

学者，无止境之业也。子曰："学而时习之，不亦说乎！"盖学能使人悦也。予以为，学，载过去而仿古人也，进而言之，为社会将来之进境。自古以来，何以推动人类乃至生物之进步？学也。予观身边常见之生物，犬能学循气味寻物，猫能学于夜捉鼠，虫蚁亦知呼同类也。故学乃生物进步之源。人不能学，不能知古人之经典，不能创未来之新知；物不能学，不能承本能之本领，不能适环境之变化。

然而学亦须辨也。子曰："三人行，必有我师焉，择其善者而从之，其不善者而改之。"乃学忌盲目也。师道有因材施教，学道亦必有取精华弃糟粕也。故择其善者，乃学之第一方法，不能此道者，必蹈过去之覆辙。盖古人之经验，有精华如夫子之治国之道，亦有糟粕如封建之礼教，能敏而好学者，必能学益于自身之经验也。学而不思者，蹈过去之覆辙，虽不退亦必止步不能前。故学者必以思为务也。

（任课教师：胡安顺）

论学

苏佳佳

（2011 级中文基地班）

学之何为者？为知道也。何谓道？万物之法也。世之万象皆不能去道而存焉，山泽草木依四时之变而生生不息，人亦循取法理而得万世长存。老马识途，何故？知道也。人之会当凌绝顶，何故？知道也。学亦如此，知道，而后可明矣。

求道，去杂念，励身心，漫漫而求索焉。酷夏严冬而不弃，贫残病弱亦不废。刘勰身穷志长，夜半佛堂借灯诵书；欧阳修身出寒庐，荻草代笔勤学苦练；亦有蒲松龄草亭路问，宋濂冒雪访师，苏秦悬梁刺股，如是皆为坚持不懈而终得道之士也。君子曰：学不可以已。求学之道非一日之功可成，正所谓不积跬步，无以至千里；不积小流，无以成江海。孔子鼓琴，日百遍而不止，三年得一曲文王操，故知孔子之学，在问道焉。

故学习之道，一需苦行，二求钻研。孔子有云"温故而知新"，又云"学而不思则罔，思而不学则殆"，故温而知，学且思，而后能"举一隅以三隅反"，如此行也，可谓知道矣。

（任课教师：胡安顺）

论学

李琬瑶

（2011 级中文基地班）

求实致知之法，以学为其母。古有阅书万卷者，皆可谓好学者也。然大学之道，在明明德；明德之道，始于学习。

所谓学习，学而习之为其要。昔者仲尼有言曰："学而时习之，不亦说乎？"此乃学之至境也。学，纸上得来是也；习，亲历而为是也。此二者，同出而异门，然好学者不可废其一焉。习而不学，则终日之行不如须臾之学；学而不习，则学富五车沦为谈兵纸上。朱子有言："知之愈明，则行之愈笃；行之愈笃，则知之益明。"凡好学者必博学于言且善假于物，读书万卷且行路万里，强学而后力行，力行而后知真。

当今之世，众皆以学为重，师者多以授业解惑为任而不能诱人习其所学之道，余以为此乃学之大忌。若学而不习，则虽以文为学而不能为文，授习作之法而不为习作之行，此何异于授人以鱼而未授人以渔。语文之功，以其用为上，博闻强志之始乃为作千古文章，留意于书而不能寓意于书，则如孟子所言曰尽信书，不如无书。

于是窃意教育革新之道，当以务实为本，既知纸上得来之浅，如之何不躬行于习，口述纸作然不从身习过，皆无用也。博学未若知要，知要未若实行。学成于思且思成于行，知行一致，此为学之至也。

故不登高无以识天之高，不临溪无以知渊之深。君子好学，然学无止境而行不已。道遐行必至，事难行必成。闻千曲后晓声，观千剑后识器。学而后习之，果能此道矣，则诸君之所学皆可成经邦济世之大功也。

（任课教师：胡安顺）

论学

邢璐

（2011 级中文基地班）

学有其法，循法则易，似顺水推舟；违法则难，如逆风行船。学法有三，即备、聪、温。

备乃学前之法也。古人云："思则有备，有备无患。"适于学。于学者之心，当备以静，静则醒，醒则明思。于学之器具，手握群经，纵然削杖为笔，夯土为纸，亦可有所学也。

聪乃学中之法。观其字形，左为耳，右上似人首，即脑也，下者为心。是以兼用耳、脑、心，方可学有所成。耳闻师之教诲，脑思书中之意，心学圣人之道，卒获有所闻。若闻而不思不学，则如春风过堂，徒增鬓白。

温乃学后之法。水温则回暖，书温则知新。温故如起室，需日日扩之坚之。若学而不温，困于书面之意，难解其深。温则学固，学固而后知新，故学后应温之。

（任课教师：胡安顺）

论学

黄竞贤

（2011级中文基地班）

今者物质至上之时也，天下皆为名利奔走。学中少年多羡慕富二代。夫富二代者，实不足以羡也。其富与贵，昙花浮云矣。唯勤学自强者，方成大业。故古人有诗云：富贵必从勤苦得，男儿须读五车书。

自古圣贤多出寒门。昔者王冕，夜执长明灯通读达旦。欧阳修家贫无从致笔墨以书，故以荻画地，学书习字。昼夜忘寝食，唯读书是务。匡衡凿壁借光，与人佣作而不求偿，但请读遍主人书。盖古人之勤且艰若此，故虽出身贫贱，终成大学也。

自古雄才多磨难，从来纨绔少伟男。观夫现今社会，衣食无忧之少年，无冻馁之患，无忧患之识，亦无雄心壮志。沉湎声色，不思进取。如李家子弟天一是也，自毁前程，命途惨淡，世人皆为叹惋。

故生于富贵者，自恃衣食无忧，前途无虞而不学者，终为遗憾也。生于贫寒者，笔耕不辍，勤学自强者，将成大器也。

（任课教师：胡安顺）

论学

张仪方

（2011级中文基地班）

子曰："好学近乎知，力行近乎仁，知耻近乎勇。"夫学，觉悟也。体物察行，取长补短，吟六艺之文，披百家之编，勤勉慎思，终有所得。所以明德修身齐家者，唯学也。何以为学也？余以为之所学，可不拘于学章典籍，世事人情，工商货殖，往来相与，河流山川，皆可入学。

古今志学者多矣，然则学成者甚寡，未从大学之法也。欲学有所成，应以博览群书为要，沉浸浓郁，含英咀华。志学之心，必赤诚笃定，不患于贫，不乱于事，仰先贤之德，就有道而正焉。为学之人，必审问慎思。学而不思则罔，思而不学则殆。学思兼备，则常得新知。人非生而知之者，孰能无惑，学之有惑，则师于闻道者，惑而不从师，其学则如蚁穴之于沙堤，虽金玉其外，不日则分崩离析。明辨之于学，亦不可或缺，学海无涯，卷帙浩繁，泥沙俱下，鱼龙混杂，若不明辨而学，杂施而不孙，则坏乱而不修。孤掌难鸣，单丝不线，学而无友，亦难成也。何也？子曰："三人行，必有我师焉。"有学友相伴，相关而善之，不致孤陋寡闻，闭塞视听。书山有路勤为径，唯勤唯谨，焚膏继晷，沉心静气，易以大学之法，方有望学而有成。

毕业之日，非学终之日。夫学，终身之事也。唯学而时习，辅以实践，方能笃行所学，不忘先志。

（任课教师：胡安顺）

论学

陈群芳

（2011 级中文基地班）

古人云："读万卷书，行万里路。"此二者相辅相成也。

读万卷书，顾名思义，乃言博览群书也。所谓："士欲宣其义，必先读其书。"春秋战国，诸子百家，无不学识通达，阅书无数。更有苏秦说秦王书十上而说不行，归后发奋读书，夜欲睡，乃头悬梁，锥刺股，终功成名就也。

行万里路，乃言实践出真知也。物有甘苦，尝之者知；道有夷险，履之者得。蹶后方知痛，劳后方知倦，躬行然后知道也。

然若读而不行，易纸上谈兵，想之多，思之远，而不切实际，距生活十万八千里也。若只行不读，则愈差矣。当今社会，乃鸿儒天下也。于芸芸众生，书为立身之器。

故既读万卷书，亦行万里路，"胸中脱去尘浊，自然丘壑内营"，此为学之大境界矣。

（任课教师：胡安顺）

论学

唐甜雨

（2011 级中文基地班）

学者，可为终身之业。不成于一朝，不毁于一夕。朝夕常有，日积月累方可成效。荀子曰：学不可以已。倘使朝为夕怠，终难有成。

古人为学一世，晚年集其心得体会尽着一卷。此卷可历千载而不灭，经风雨而常新。

学可从书，而不可拘泥于书。孟子曰："尽信《书》，则不如无《书》。吾于《武成》，取二三策而已矣。仁人无敌于天下，以至仁伐至不仁，而何其血之流杵也。"学自书中，行于足下，方是正道。

（任课教师：胡安顺）

论学

盖文文

（2011 级中文基地班）

古之论学，有孔子曰"学而不思则罔，思而不学则殆"。此之谓学思结合，方能为学。或曰"书山有路勤为径，学海无涯苦作舟"，此之谓为大学者，必备苦学与坚韧不拔之志。

学无界，思无涯。学以终老，思至终老。为学之人，必先解学为何物。当潜心修学不为外物所扰，且怀屈原上下求索之勇。学以为乐，思以为常。始学之人，戒急戒躁，切记积少成多，方能博闻矣。为学之道：博览古今中外名作，研习先哲之思行，而不尽信于书，尊先哲而不盲信于其言，汲精华去糟粕，方可得真知。常言有曰：知之愈多，惑之亦愈多。故知学有所得，切不可自满矣。若学而有惑，虚心求教是也。善问者，可以博学矣。

学而能为己用，可谓活学。学而不能变通，则为死学矣。学而有其法，思而有其道，则必有所获。

生而致力于学，能不为大学焉？

（任课教师：胡安顺）

论学

郭瑶瑶

（2011 级中文基地班）

博学之人，勇者也。

常言道：书山有路勤为径，学海无涯苦作舟。古今经书史传典籍，天文地理专著，卷帙浩渺，种类繁多。夫一人之力于此，如滴水之于瀚海，跬步之于千里。然博学者明辨是非，通览历史，胸怀天地，仰之弥高，钻之弥坚，非天命使然，是其勤勉之故也。吾等致学，应有此勇也。《礼记》有言曰："人一能之，己百之；人十能之，己千之。"人之初也，其性也相近也，尤有三六九等之分，皆缘后天治学之志也。恒其心，穷其能，而不为功欲之念所累，若果能得此勇也，纵使学海无涯，路漫漫其修远，亦能积土成山，积水成渊，以致博文广知之境也。

　　然荀子曰："君子博学而日参省乎己，则知明而行无过矣。"故君子治学之要，非在所阅经籍之广，而在一"省"字也矣。秉烛夜读而不思其精，手不释卷而不明其理，虽有汗牛充栋之势，亦不能为博学者也。博学者善省，善省则善思，善思则善疑。所疑者或为一己之拙见，或为前人先辈之论也。弃绳墨而敢疑先贤者，亦勇者也。吾等当有此勇，于有疑之处，必韦编三绝，三省其故，方可解其中之玄妙。

（任课教师：胡安顺）

论学

王宝

（2011 级中文基地班）

　　昔诸葛孔明有云："非学无以广才，非志无以成学。"论及学也，愚以为志必在先。且古之成大事者，莫不踌躇志满于胸。或闻鸡起舞，或悬梁刺股；或凿壁借光，或填沙成纸，其所以能成学者，非志不可也。志之有者，可以百读不厌，百思不倦，百练不怠，其不止于浅尝略知，而志在烂熟于胸，融会贯通于心，用之方可信手拈来，激扬文字，指点江山，乐在其中矣。

然志何以得？诸葛又曰："非淡泊无以明志，非宁静无以致远。"故人之志得乎淡泊之心，此之所以寒门出贵子而富家多纨绔乎？至于静也，盖言不能浮躁矣。静如止水，方可澄清其学，滤净其识，取其精华，去其糟粕，积博才于一身也。

故为学者，在志与静也。有志有静，方成学也。

（任课教师：胡安顺）

论学

王一博

（2011级中文基地班）

学习者，学而时习之，问学有道，习练成纲。学问深浅，实关乎三要点，其一个人修行，其二求学之法，其三外界环境。

个人品行乃求学之根本，无恒心无耐心无决心者，定无作为。刻苦勤奋，学问方可积少成多。

精悉求学之法，可使所学之义愈加清晰，记忆牢久，如有适于己之方法，更大有事半功倍之效；适于己之方法，不可强求，唯独自循循摸索所得，才为上佳。

古有"孟母三迁"，又有"近朱者赤近墨者黑"，可知外界环境于人学习之重要。凡成功者，内外因素皆须完备，可谓天时地利人和，人人所求也。

（任课教师：胡安顺）

论学

蔡昕珉

（2011 级中文基地班）

学，效法以获知也。常言"学以修身，学以资政，学以经世"，得一善言，附于其身，此学以修身也；鉴往知来，此学以资政也；辨礼为生民，此学以经世也。故而学不在"鱼"而在"渔"。"真积力久则入，学至乎没而后止也。"欲晓梅之香，不如亲种之；欲学作诗法，不如笃行之。知行合一，学以致用，是故无冥冥之志者，无昭昭之明；无惛惛之事者，无赫赫之功。

大学之学，不在大而在学。荀子曰："君子之学也，入乎耳，箸乎心，布乎四体，形乎动静；端而言，蝡而动，一可以为法则。"

学不可以已，时时记惦；终身好学，不可中断。孔子终身以学，从心所欲，行不逾矩。师旷言："少而好学，如日出之阳；壮而好学，如日中之光；老而好学，如炳烛之明。"

（任课教师：胡安顺）

论学

边士心

（2011 级中文基地班）

《淮南子》有言曰："非淡泊无以明志，非宁静无以致远。"吾深以为然也。夫大学之道亦在如此。学者乃一人终生之业也，诚可谓学无尽，思无涯矣。

潺潺流水终归东去，萧萧落木尽为尘土。万物皆有其道。子曰："敏而好学，不耻下问。"此诚良言也。然学者必先端其心，正其品，循其本。为学之道，孜孜不倦，不忘初心，方得始终。

孔子十有五而志于学，陶潜幼时不慕荣利，好读书，不求甚解。宋濂家贫，每假借于藏书之家则计日以还。古之贤者无欲求，且皆有好学之心、求学之志也，夜以继日，循序渐进，勤思以至有所得。求学施教多心牵于浮名之利，未近学之本也。或杂施而不当其可，抑之牵之，使其困于学，实则拔苗助长也。

故好学者必先明志，淡名利之心，后积跬步、汇小流于湖海，集成大智。

（任课教师：胡安顺）

论学

刘嫣然

（2011 级中文基地班）

静安先生曰："诗人对宇宙人生，须入乎其内，又须出乎其外。"吾窃以为治学之道亦然。

凡读书，若以粗心处之，书中得意处、不得意处，无数方法、筋节，悉付之于茫然不知，实负良工，此不可谓入乎其内也。汉代经学，动辄释一字以万言，牵强附会，亦不可谓入乎其内也。入乎其内者，或以己度人，将心比心，或考之以理，明辨慎思。读有字之书以治学为然，读无字之书以治学亦然。夫老聃于天地之道，察人之道，皆从无字处治学也。浩浩乎溟涬，渺渺乎浮尘，皆吞纳于胸中，察之，体之，同情之，故能入乎其内也。

　　能入乎其内者，或不能出乎其外。有作诗者，言必称李杜，顶礼膜拜之，不知李杜亦有所短；有饱学之士，终日开卷苦读，不能掩卷而思，无乃不可乎？概不能出乎其外也。出乎其外者，读书则知其精亦识其粗，又得其精而忘其粗；格物则心存天地，与万物情通，心凝形释，与万化冥合。

　　入乎其内为先，出乎其外为后；入乎其内以得生气，出乎其外以得高致。非如此，不足以治学也。

（任课教师：胡安顺）

论学

张大坤

（2011级中文基地班）

　　古语有言曰：天下事有难易乎？为之，则难者亦易矣；不为，则易者亦难矣。人之为学有难易乎？学之则难者亦易矣；不学则易者亦难矣。由此观之，人之为学，无论难易，在乎志气也。若荀子所云：锲而舍之，朽木不折；锲而不舍，金石可镂。

　　余观乎今之大学生，或朝昏夕醒，混混沌沌，不知所学为何物。适遇疑难一二，遂喟然长叹："吾师欺我甚矣，大学，真乃炼狱也；夫天堂，何累之有？"于是弃难就易，半途而废。自行敷衍苟且以了四岁之业。亦有苦学者，兢兢业业，克己守礼。惟师之所言以为是，唯先贤之论马首是瞻。流连于书阁之间，而终困己于象牙塔内，无从伸展。

校园有形容枯槁者，步履沉沉穿游于四点一线间，然学而弗得，竟不及轻歌漫步、自得以为乐者矣！子曰："知之者不如好知者，好之者不如乐之者。"是故学不宜贪多，亦不可期许一时之效。治学者之于所学，勿刻意求专，精而不杂，繁而不乱。边缘之学也弗弃，乐在其中，是谓好学也矣。

（任课教师：胡安顺）

论学

黎楠

（2011级中文基地班）

今者，中西文化交流日频，学科知识日新月异，文献资料亦浩如烟海，真可谓"信息时代"也！若有欲穷今之学问者，必为天下笑矣。故曰："学贵专，识贵博。"

今时异于往日，古之蒙童自幼诵读圣贤经典，勤习传统技艺，文艺自足。今之学生则不然，学科众多，信息丰富，可承古者，仅文史哲之属而已。诚然，学生之人文修养略缺，传统技艺欠佳，然其现代知识、技艺之广博自不待言，自然科学即可证焉，若今之小学生亦知天圆地方为非，且今之思想立于数千年之巅峰，其高度亦非低也。若古人有纵情书画，文翰自足，上马定乱，下马治国者，今则不存矣，实乃时代使然，分工细化，非今人不如古人也。

如前所论，通群经之人不存必矣，故今之学者贵专，专一而扩之。先通一学，一学必专而精，此所谓"学贵专"之方也；后以之为基，徐扩之，尽其所能而求新知，此所谓"识贵博"之法也。

（任课教师：胡安顺）

论学

李娟

（2011 级中文基地班）

古人云："豫、时、孙、摩此四者，教之所由兴也。"吾自以为学而同之也。

豫，即洞察时事、未雨绸缪、防患于未然也。此所谓有备无患，止事于未发也。至于学，豫而能得心应手，游移于困阻之间。

时，即适时。智缘于时而变，求学于良机，启智而功易；若不然，虽苦而难成也。不如适时而学，可得事半功倍之效。

孙，即循序。凡事欲速则不达，且天地万物皆有其序，杂乱无章必无果。学而守其律，循其序，日积月累而功不成者吾未尝闻也。昔者孔子循循然善诱人，博其以文，约其以礼，故其弟子皆有所成。

摩，即揣摩切磋。学海无涯，圣人之知尚有限，何况于人乎？同辈之人若能常切磋于空闲之时，各抒己见，探讨真知，则可取长补短，拓其眼界，富其涵养。若学而无友，则其知必窄薄，逊于真知之人。

由此观之，学而能豫、时、孙、摩，则必能学有所获，功有所成。

（任课教师：胡安顺）

论学

康安莹

（2011 级中文基地班）

学者，人生之重也。余尝闻古时之人与动物同也，茹毛饮血，天地为庐，然人可学而进也，遂凌于动物，与动物皆异矣。学然后智，然后使愚者贤，凡者圣，可以趋利避害，化凶为吉。学者，何其重哉？然如何学也？余私以先好学然后善学为最佳。

何为好学？学然后知不足，永不满足，遂读万卷书以补之。读万卷书，知天下事，勤为舟车，永不止息，此为好学。好学而博，为善学之基。

何为善学？学然后知不足之因，并补之。举一反三，缺则补，短则修，此为善学。善学而慧，此大家之法也。

好学者，可以遍观九州四海而明众之所长也，然后明己之短。善学者，可以较众之所长而明己所短之为何，然后补短为长。好学且善学，使人博而慧，可成功矣。遂知好学与善学此二者也，为学之正法。

（任课教师：胡安顺）

往圣绝学，何时为继？

申红季

读万卷书彻悟天人终归出关；拾文武道南面素王痛遇获麟。前述老子，后言夫子。此二人乃吾族学术开山之人，祖述自然，踵武前贤，开万世学问，此其功不在小。语云："天下之道，殊途同归。"然可憾者，老子出关，遁世由此始；夫子绝笔，春秋笔法谁人为继？

老孔而后，后继有人。道者文子、庄周、魏晋玄学名士，乃至山林渔夫，南蛮楚地才人，亦有继焉。儒者繁杂，分门别派，其有不兼容者，《论语》有载，遑论后世。夫子之后，百子竞出，此真百花齐放之季。而后孟子性善论，明恻隐之心，推己及人。孟学而后，学问尤繁，逮濂溪、二程、朱子、守仁修理学发明性善之说，儒学光大于吾族，历宋、元、明、清诸朝而不衰。此学问吾族之为继，余略述大概。

满清而后，西学浸淫。华夏遭遇前所未有之变故，学术界动荡如洪水猛兽来袭。五四倡西学，于旧学尽弃。五四此蔽，流毒至今。今人不读古人书，如何修身养性，彻悟安身立命之道？纵观当世，茫茫然而不知所求，数数然而不知所归者，何其多也。"惟殷先人，有典有册。"数典忘祖，吾辈之罪。唯有亲近吾师，回归原典，光大吾族文明，始于内求，终于为四方人民谋求福利，此为正道。既有此心，当勇猛精进，一心向道，明自然道，循万世法，继往圣绝学，方开万世太平矣。

（任课教师：胡安顺）

卷四 散文

论学

莫婷婷

（2011 级中文基地班）

博学之道也，处处学问，遇疑与难，必求甚解，举一反三。故不独知其然，亦应知其所以然。使见有所宽，闻有所广，行有所远，学有所用，事无巨细皆得心应手。善而为，恶而斥，知之为知之，不知为不知，循序渐进，学海无涯，勤勉为舟。是为博学。

曰：士不可以不好学，任重而道远。少年强则中华强，少年智则中华智，少年好学则中华复兴有望。今者高校学子，几人谓之博学者？好学者甚少，何及博学！十之五六，晚不寐，晨不起，课未上，书未看，无心于学而乐于网游，十年寒窗，毁于一夕。

学之根本，经世致用也。借此一文，唤学子博文强志，慎行思，担重任，不负养育之恩，不废国家粮食，方谓学。

（任课教师：胡安顺）

论学

姚琳

（2011 级中文基地班）

《礼记》有言曰："人一能之，己百之；人十能之，己千之。果能此道矣，虽愚必明，虽柔必强。"由此观之，学习之道，唯勤学而已。

余遍览古之好学之士，无不以勤为其本也。唐代诗人苏廷，常与仆夫杂处，而好学不倦，尝于马厩之中，借火照书诵焉，其苦如此。明之宋濂，幼时家贫。尝借书于富贵之家，手自笔录，计日以还。又恐无贤人为其师也，尝趋百里外，从乡之先达执经叩问。当其从师也，缊袍弊衣，负箧曳徒行深山巨谷之中，雪深数尺，寒风飒飒，以致足肤皲裂，不羡他人奢华之享，不敢稍有怠慢之心，自少至老，未尝一日去书卷，于学无所不通，遂成一代大家。

今诸生无冻馁之患，无奔走之劳，有贤人为之师，居大厦之下而诵读，集父母之希望于一身，若学有不成者，非天质之愚也，患其心有不专，不知勤学而已。悲夫！

（任课教师：胡安顺）

论学

李茹欣

（2011级中文基地班）

昔者，贤士多有博学广识之辈，通天文，晓地理，悉音律，属文辞赋，无所不通。世人皆以为智者，钦之，敬之，然不知其为学之苦也。

治学之人，天资固不可少。夫天资聪慧之辈，若苦学之，终日废寝忘食，埋首书卷，必当凌驾于众人，成世之英杰，社稷之栋梁。然天资愚拙之人，苦学补之，亦可有一番作为。

苦学之道，非口头之快语，一时之兴起，而当持之以数载，耗历终生，磨其身，炼其骨，锻其志。昔者，孙敬头悬梁，苏秦锥刺股，匡衡凿壁引亮，江泌月下映光。世人常以视农人耕织劳作之艰苦，殊不知治学之苦，实不亚于此也。此所谓"宝剑锋从磨砺出，梅花香自苦寒来"。

世人莫不贪欢娱恶劳苦，故学者众而智者寡，人之惰性使然也。苦学之道，譬如行远，必历辛苦，方观得世之奇伟瑰丽。譬如登高，必克艰险，才览遍众山之渺小。

（任课教师：胡安顺）

论学

兰钰婷

（2011 级中文基地班）

古语有之：理无专在，而学无止境也。

近闻有同窗悔幼时荒学，然目下亦无意学之。问之其故，则曰学时已晚。余甚惜之。

季直曰：当以"三余"。冬者岁之余，夜者日之余，阴雨者时之余也。光阴者，有心人亦有之。如绵中之水，挤之即有。

孔夫子，十有五志于学；苏老泉，二十七始发愤；吕尚更于古稀之年大器晚成。故学不论先后，要在立志尚学，如车胤囊萤，孙康映雪，匡衡凿壁，悬梁刺股，夫子韦编三绝，三月不知肉味。

少而好学，如日出之阳；壮而好学，如日中之光；老而好学，如炳烛之明。哲人有云：无知即罪。茫茫学海无边，吾侪路漫漫其求索兮。

（任课教师：胡安顺）

论学

任欢欢

（2011 级中文基地班）

学于人，始于生止于死；于族类则无止境。

人自呱呱坠地之时，学即始之，爷奶父母，姊妹弟兄外兼旁人之音容笑貌，行为举止，耳濡目染，皆于潜移默化中授予稚子。当其长至入学年岁，入学堂，则新学又始，如孔子十五志于学，三十而立，四十而不惑，五十而知天命，六十而耳顺，七十而从心所欲，活到老学到老，至身归黄土，学方止。

古人云："书山有路勤为径，学海无涯苦作舟。"知识之海，浩瀚无边，学亦如此。

试观社会之发展，从不知羞到知羞，从无字到有字，从黑暗到光明，从低级至高级，皆与学有渊源。生存技能，礼义廉耻，父传于子，师授于徒，母教于儿，前辈导，晚辈学，前辈虽死，有子存焉，子又生孙，孙又生子；子又有子，子又有孙；子子孙孙于口耳相传中学之，追求探索不止，故青出于蓝而胜于蓝，一代胜一代。

（任课教师：胡安顺）

论学

李晨霞

（2011 级中文基地班）

《广雅》有曰："学，识也。"《尚书大传》有曰："学，效也。近而俞明者学也。"《礼记·学记》有曰："七年视论学取反，谓之小成。"孔颖达疏："论学，为学问向成，论说学之是非。"

古人论学，或曰"仕而优则学，学而优则仕。"优，悠也。子曰："学而时习之。"故学无时、无地、无尽也。

今人之学，较古人之学粗且浮。盖因商品经济之繁，网络之兴。使人皆追名逐利，求声名远扬。然而非宁静，何以致远？学之无实则虚，虚则浮。网络之兴，虽曰便利，实则废勤，废勤则惰，惰则学而无精。

学乃毕生之业也，非三年五载可成，故须戒骄戒躁，勤恳严谨。

（任课教师：胡安顺）

论学

任莘鑫

（2011 级中文基地班）

何谓善学也？时习之，细察之，勤思之，求实之，苦为之。

时习之。学之为体，有恒有变。贯古通今，日积月累。积跬步，足以致千里；累涓流，足以凿巨石。仲尼有言曰："温故而知新。"此之谓也。

细察之。学之妙，得其精于细微之间，觉人所未见之物，晓人所未通之理，立人所未达之功。是故善学者，皆好细察于物也。

勤思之。观好学之人，莫勤乎思。人一得之，己百之；人十得之，己千之。举一而反三，推古及今。思与问，相辅而行，非思无以致疑，非问无以博识。善思且问，此为真能好学者也。

求实之。不拘于形，不制于物。昌黎尝戒求学者曰："弟子不必不如师，师不必贤于弟子。"近观摩举国课改，倡师生易位，余以为此乃获知之正途也。是以欲成大器，非急功近利者所能致，非浅尝辄止者所能通，非以假乱真者所能达。

苦为之。好学者，不患寡而患无知，不患贫而患肤浅。常居陋室，饭疏食饮水，寒窗苦读而自乐其中，心不为外物所动，是吾等求学者之明镜也。

师旷尝答于晋平公曰："少而好学，如日出之阳；壮而好学，如日中之光；老而好学，如炳烛之明。"吾当终生铭记而努力实践之。

（任课教师：胡安顺）

论学

陈姣

（2011 级中文基地班）

学之要义，在于学之方法与精神也。

《礼记》有云："博学之，审问之，慎思之，笃行之。"余于幼时已能成诵，然不知其义也。现时思量，乃言学之方法也。博闻强识，自然融会贯通，乃其要义也。于现时社会之需，我校高举培养"综合型"人才之旗帜，致力于斯。古人云"术业有专攻"，实乃至理也。余以为，博学众家，增经验，明心智，取其长，方能成一家之言，涉猎广泛，皆为精于一家，实乃"博学"之目的也。"高、精、尖"人才，实至于此也。学得其法，明其捷径，必能举一反三，事半功倍。人百方能，己一就可，省时又省力也。得学习方法，万卷可破也。

昌黎治学名联曰："书山有路勤为径，学海无涯苦作舟。"至理名言，流传千古，激励吾辈书海遨游，书山攀爬。皆在于其治学之精神永不磨灭。学贵于恒，有恒心，立恒志，方能吃得苦中苦，坚持不懈，孜孜不倦，终攀高峰。

（任课教师：胡安顺）

论学

李健康

（2011级中文基地班）

学无常道，因时因人而异。学无终极，亘古如是。故欲得一通法而晓天下，痴矣。欲终其一生而穷学海之涯，谬矣。且时人多囿于功利牢笼之内，视其所视，闻其所闻。

由是之故，剽窃盗用等末技得以兴。学亦常不求甚解，急于速成。大师之不出，亦无怪矣。

古之圣贤为学，寓乐于其中，欣然无所求。厚积学而修己，及业成，造福于家，显功名于四海。今人求学，难静其心，学唯逐利。

嗟乎，治学不可冒进速成，悟道之精髓，则己之眼界、学识可累积进升，而后趋于高明，功业自成！

（任课教师：胡安顺）

游大唐芙蓉园记

翟雪娇

（2013 级汉语言文学四班）

甲午初秋某日，余与友人共游于大唐芙蓉园。是日风轻日暖，云淡天高。至门前广场，见"大唐芙蓉园"五字，平地而立，五尺见方，饰以金粉，灿然夺目。场中有白鸽数百，见人不避，颇可爱。

进园，迎面一石拱桥，桥后有假山飞瀑，瀑流短促汹涌，水沫四溅。沿道左转，远处水面横阔，几与天接。湖心有紫云楼，画栋雕梁，颇有蓬莱仙境之感。湖边杂植榆柳数行。沿湖漫行，时见唐人塑像，或作小儿读书之态，或为士子对弈之状，均神态自然，栩栩如生。有顷，闻辘辘水声，见一玄色水车悠然运转，以水槽运水至近处一亭顶，然后倾泻而下，飞珠溅玉，形成水帘。入亭，觉凉意浸人。前行，有亭台馆轩数所，其一题曰"陆羽茶社"，然未见主人，乃一休憩处所耳。复前行，见一馆舍题曰"杏园"，传为唐时赐进士"探花宴"之地，内供孔子坐像。距"探花宴"不远处，有竹林一片，内藏一小屋曰"竹里馆"。此三景者，皆据唐人故事所建也，虽有飞檐斗拱之姿，然无盛唐宏伟之势，韵致亦显不足。聊为记。

（任课教师：胡安顺）

卷四　散文

王君小记

曾柳

（2013级汉语言文学四班）

癸巳秋日，余千里赴长安，求学于师大。而今一年有余矣。师大多奇才，余有幸遇之。与交游，颇多雅趣。有吾同乡王君，讳秋生，好诗文，善书画，通音律，能对弈，可谓巴蜀奇才也。常与之畅谈，侃侃滔滔。余闻其言，品其论，不由生相见恨晚之感。叹其学之渊厚，知之广博，思之精妙，论之深刻，所言无不字字中的，入木三分。

其诗清新隽永，古意盎然，颇多传诵，余尤爱之。

（任课教师：胡安顺）

南五台山

陈可心

（2013级汉语言文学四班）

遇国庆闲时，与友同游南五台。至外门，西直行两三里，道侧屋舍林立，青砖瓦墙，古味甚浓。又车行五十余里，终至山下，沿途拾级而上，寺多山秀，花多木茂，光影斑驳落于石阶。吾等蜿蜒蛇行，兴之所至，英姿勃发，嬉笑怒骂。

日中至峰顶，有寺筑其上。于其间可远观长安市巷之全貌，近览青山古寺之英姿，揽秀丽于目中。继而北行未几，忽现两三寺于前，入其内观之，有三佛，静心跪拜以求愿。归时，偶见一隐士，论道于寺中，一言出而满座皆惊。吾辈敬其学识广博，与之相谈，兴味甚浓，不觉日影西斜。遂辞。

至家，与友论及此。友叹曰："山中多高士也。"吾亦由此思之，不畏贫寂，隐于青山，食五谷而绝鱼肉，远闹市而近清幽，是能潜心学道，为真学者。

（任课教师：胡安顺）

窃果记

何海青

（2013级汉语言文学四班）

余忆童稚时，性情顽劣，未有德行。时逢金秋，硕果之香溢于邻人之院，嗅之，馋也，遂行窃之。爬树类猴，手握怀盈，未料枝断而声响。

是时，邻人酣睡，闻声惊奔于院内，跋逆履，敞胸襟，手携棍棒，作怒容。余惧而栗，愧而羞，惶惶不敢言。邻人见状，弃其棍棒曰："取而不告之谓窃，事无大小，理有长短。俗语云：少偷针，老偷金。斯之谓也。窃为大，后不可为也。"

余点头称是，面有愧色，邻人赠果而放归，其事至今难忘，时时为警。

（任课教师：胡安顺）

游园有感

管燕子

（2013级汉语言文学四班）

师大校园，景致颇雅，有一水，名曰"曲江流饮"，前日晚饭后无事，偕友游之。时秋风飒飒，枯叶飘零。步于池边，见池水粼粼，有鱼似闻予足音，倏然而动，远逝不知所踪。池岸草中秋虫时鸣。岸边横一石，题曰"曲江流饮"，曹伯庸先生手迹也，清秀雅致，颇有古韵，无愧书法大家。有亭临于池旁，予甚爱之，曩者常于此吟诗作对，或静坐沉思。亭之四周皆树木，时有抚琴者一二，趁月色微亮，玉指拨琴，声流于指间，若珠落玉盘，声声寄悲秋之思。吾等驻足谛听，尽兴而归，因以此小文以记之。

（任课教师：胡安顺）

余之乡

叶思文

（2013级汉语言文学四班）

嵊州，秦汉建县名之为"剡"。此地四面环山，中有盆地，剡溪蜿蜒纵贯其中，素有"东南山水越为最，越地风光剡领先"之美誉。

余忆童稚时，尝随母出行。呼朋引伴，互不知真名，仅以"网名"互称之。每出游，不择名山大川，专寻山野小村之所，不为人知之地。所到之处，钟灵毓秀，丘陵沟壑，掩映生辉。美乎？美哉！山野之行，民风淳朴，热情好客，间或有鸡鸣狗吠之声，宁静祥和，醉人之心。

余之家乡，越剧为盛。黄髮垂髫，皆可哼唱。城隍山上坐落园林式学院，亭台楼阁，雕梁画栋，盖越剧艺术学院也。

余家新居有闲田，父母于工作之余乐于农务，今已瓜果满园。

（任课教师：胡安顺）

秋日有感

马润馨

（2013 级汉语言文学教育四班）

金风送爽，天高云淡，群雁南归，余漫步于校园小路，观黄叶飘零，闻桂花之芳香，惬意自在心间。忽念故乡之秋，门前小径上落叶堆积，祖母正在辛勤打理乎？花园为祖父倾心栽培，如今菊香四溢乎？葡萄架下，苹果树前，可有姊妹嬉戏打闹乎？夜阑人静，一灯如豆，秋虫不息，父母可曾念我乎？

春去秋来，白云苍狗，时光飞逝，如白驹过隙。忽觉时不我待，若年华虚度，终将悔之晚矣。谚曰："花有重开时，人无再少年。"余将继续苦读，不负父母之厚望。

（任课教师：胡安顺）

游大雁塔记

胡婷

（2013 级汉语言文学四班）

甲午年九月初八，吾友访吾于西安，吾至火车站迎之。翌日清晨，吾一行三人乘车游玩，听说大雁塔之名，遂寻其路，直奔而去。下车后至大慈恩寺，寻人指路，答曰："在其内。"吾友至售票处，游人众多，失其身影，吾二人不安，汗流浃背，打其电话，寻其方位，终见之，遂安。持票入寺，票背画有地图，随路前行，小路曲折，周边树木葱郁，枝叶缠绕。路旁奇石杂乱，偶有蝈蝈鸣叫，惊起一群彩蝶，翩翩飞舞。路尽处，豁然开朗，门呈朱红，前有石狮守护，上挂灯笼指示。入内，佛光映照，心生暖意。漫步各屋，详览其内容，觉时已久，遂出，而见大雁塔。塔高入云，其内游人如蚁。游毕，友人别去。

（任课教师：胡安顺）

南五台之游

马玉贞

（2013级汉语言文学四班）

甲午癸酉乙己日，举国同庆，吾与友数人同游于南五台。碧树成荫，草木茂盛。寂寥空幽，鸟鹊长鸣。见一陋室，入内，所置之物尽收眼底。阴暗昏黑，悬馍一筐。庭中置一方桌，置野果于其上，有一道人，冠道冠而坐，其冠正而洁，手执串珠，侃侃而谈。天文地理无所不知，诗书礼仪，无所不及。吾与友俱惊而叹，愧而耻。道人居于贫贱，乐于清淡而博于学问，吾人所不及也。

（任课教师：胡安顺）

师大志

高梅兰

（2013级汉语言文学教育四班）

陕西师大，为教育部直属重点大学。占地二千余亩，绿荫丛丛，可供三万余师生从事教学活动。有一百年树木，枝繁叶茂，可供遮阳避雨。每驻足，环顾视，无不惊叹者。其图书馆，乃民国建筑学家梁思成之作也！古朴典雅，檐牙高啄。墙有爬山虎蔓延，满墙碧绿。常有剧组摄影来此取景，可见其风韵非凡。

馆西种梅竹，馆东树槐柿。又杂植草木花树于左右，赏心悦目。晨有学子于蜿蜒小道中背书诵读，书声琅琅，不绝于耳。

一至四楼，图书满架，种类繁多。莘莘学子，偃仰阅书，沉浸于书海之中，陶醉于古今之智库。馆外林荫大道，人来人往，时有小鸟时来嬉戏玩耍啄食，人至不去。

余来此一年，倍感幸运。师者，满腹经纶，且和蔼可亲，传道授业倾囊相授。友者，天南地北，会聚一堂，课间课后，其乐融融。亦可谓谈笑有鸿儒，往来无白丁。

人生如此，夫复何求？

（任课教师：胡安顺）

时值中秋

刘治慧

（2013级汉语言文学四班）

时值中秋，木始落叶，鸟始南迁，冬寒渐侵，晨雾渐生，人皆叹惜之：人生一世，草木一秋。少陵野老有诗言曰：无边落木萧萧下，不尽长江滚滚来。思之则不免悲怆顿生，心有戚戚。然余则有言曰：天地玄黄，宇宙洪荒，日月盈仄，秋收冬藏，寒来暑往，星宿列张，此皆为天道也。苏子亦尝言曰：概将自其变者而观之，则天地曾不能以一瞬，自其不变者而观之，则物与我皆无尽也。又何必言秋即愁，闻秋即悲乎？六道轮回，四季更替，无秋之苍苍之色，何来春之郁郁之景，且秋来闲时，携三五好友，煮酒同游纵论经纬，晚唱于渔舟之上，扬歌于秋风之中，其喜可胜乎？又怎可怀悲怆于心头，发秋恨于笔端？

（任课教师：胡安顺）

忆童趣

苏日娜

（2013 级汉语言文学四班）

余幼时，见犬彘之属，甚畏之。邻人有一犬，常置于门前，不以绳拴之。吾每过其门，皆惧怕之。

一日，余与邻人之子戏于屋前空地，其犬忽窜出，余惊之，故疾走，犬因逐之。邻人呼于吾："勿走！"然余因恐之尤走。后邻人制其犬，遂救余。

既归，吾母见余呈痴呆状，甚恐，问邻人。邻人曰："汝女之魂定走矣！"故教母呼余三日于井口，母从之。三日后，余病果愈。

吾母每与我论及此，皆笑之，究其因，无从考之，只因其说。然吾母尤信鬼神之说，曰："宁信其有而不信其无！"

（任课教师：胡安顺）

香积寺记

王亚楠

（2013 级汉语言文学四班）

甲午九月中，吾同友人晨游香积寺，深感怀想，而有此记。

长安藏古刹，佛法通古今。出长安城，南行数十里，便见香积。古寺于南山之下，南临镐河，北接樊川。唐王摩诘诗云："不知香积寺，数里入云峰。古木无人径，深山何处钟。泉声咽危石，日色冷青松。薄暮空潭曲，安禅制毒龙。"

初入寺，便见天王殿陈于眼前。雕梁画栋，飞彩溢丹。弥勒佛祖胸露乳，和颜悦色。八大金刚怒目而视，分立两侧。吾二人见一居士，与之攀谈。乃知香积为净土之祖庭。吾二人请教其参佛跪拜之法。吾等凡人，诚心求佛，以得护佑。

复行数十步，见一古塔，上刻"涅盘盛世"，名曰"善导舍利塔"。善导贞观年间于长安说法，听者甚众，武后高宗皆至此礼佛，倾海国河宫之珍宝以赐香积寺。

日中，游者渐众，吾二人亦兴尽而去。途中忽忆："人天路上作福为先，生死海中念佛第一"一语，对其中深意又有新的理解。

（任课教师：胡安顺）

拟司马迁传

王子璇

（2013 级汉语言文学四班）

太史公迁，远祖颛顼，至于夏商，司掌天地。及周宣王，程伯休甫失其守而为司马氏，世掌周典。其后由晋入秦，八世祖错与仪争论伐蜀于秦庭，卒起兵定蜀，秦益富强。六世祖靳，事武安君，共坑赵军四十万，已而俱赐死杜邮。高祖昌为秦铁官，曾祖毋怿为汉市长，祖父喜以栗爵五大夫，父谈为太史令，论六家要旨。

迁生龙门，十岁诵古文，二十游四方，师从董公，子国。父卒三年而为太史令。承父命"悉论先人所次旧闻"。七年遭李陵之祸，身陷缧绁，书未就，惜其不成，就极下之刑以全命。出愤而著书，以笔代刀。凡百三十篇，究天人之际，通古今之变，成一家之言。史记既成，尽洗前辱，藏之名山，无悔于世。又以报仁安书，明陈自性，此为太史绝笔，自是之后，不复见字矣。惜此大才，终不知所踪。

班固赞曰，辩而不华，质而不俚，其文直，其事核，不虚美，不隐恶。迁通天彻地，博物洽闻，终难测武帝。序百代春秋，而自身事迹不得觅，呜呼哀哉，真可谓天数也。

迁子临更姓为冯，次子欢更之曰同，女嫁杨敞，上书宣帝，《史记》得传。位二十四史之首，其文雄深雅健，浑然天成，变化无穷。郑樵有言，六经之后，唯有此书。

永嘉建祠，立碑树柏，靖康复修，康熙扩之，高入云表，后世瞻拜。今仰拜遗文，大其文志，仅再拜之。

（任课教师：胡安顺）

小城记

朱万娟

（2013级汉语言文学四班）

此有一小城，名曰太极，何也？盖因此中一水穿城而过，遂割阴阳，而恰与两岸淤地合为太极八卦图阵，遂名之。

太极城北，有湖焉，名曰达名。达名者，原一人名也。因其资修水库蓄以为湖，遂以其名命之。达名湖色如翡翠，静若平镜。每至夏暑，湖上游人如织，欢声笑语，添达名以无限生机。时人谓此有三乐，何也？呼朋引伴，驾一舟游于湖上，与游鱼竞速，是为一乐也，可以垂钓是为二乐也，至于拾蚌于泄水后，则为三乐。三乐若齐，予何忧哉？

湖水多源，其一为冷水河。缘河北行，其间六十里，鲜有人家，夹岸皆为高山。春夏时，翠色欲滴，秋冬时节，则红黄绿各色兼具，蔚为一观。此地已至三里峡，其水异于达名，或奔腾而下，遇石分为二，过之合为一；或自山腰洞口崩下，溅起白浪朵朵，水雾茫茫。其境过幽，仲夏实为消暑宝地，深冬则过于凄寂。

此之为小城一景，其余种种，或不可名状，或述者过多，于此不一一具言。

（任课教师：胡安顺）

读书有感

李妍

（2013 级汉语言文学四班）

余幼时尝厌读书，性本不敏，志又不坚，故久无所获。吾母知之，诫余曰："不求汝有鸿鹄之志，但求多读书，有所增益。"凡此数次，余立志除旧习，潜心于学问。

一日，余立窗前，诵诗书，慷慨激昂，颇感古人浩然之气盈于胸。吾母推门而入，见吾发奋，暗喜，悄然退去。未几，至理奥义晦处，困于心，不知其所云。揣度之，查阅之，终不得，不觉有颓然之色。忽有双飞蝶舞于眼前，正欲捕之，恰逢吾母，持汤羹入，见吾弃书捕蝶，心有不专，神游于外物。喟然叹曰："吾亲为此羹以褒汝，然子之举深痛吾心。"余闻之，默然不语。

后闻五柳先生观书而忘食，宋濂学士足肤皲裂而不知，囊萤映雪，悬梁刺股，古人之好学一至于此，余深悔察吾母之心晚矣。

（任课教师：胡安顺）

仲秋登白塔山而小金城

杨晓晓

（2013 级汉语言文学四班）

每及属文，必搜索枯肠，抓耳挠腮，以至于词穷句竭，然终不能达所见所闻十之一二，所谓言不达意，此之谓也。

金城，今之兰州也。昔骠骑大将军出陇西，渡河西，征匈奴，凯旋而返，使人修筑城堡于河南，寓意"城之坚，如金铸成"。遂名之金城。

金城地貌奇特。河贯城之东西，山抱城之南北。群山连绵，苍茫古拙，沟壑纵横，沉稳安宁，为天然之屏障。河水浩荡，滚滚东流，千古不息，哺两岸之儿女。

山水相挟，宛若玉带长练，绵延数千米。白塔山若练上俊美之花，位居正中，舞动两端；而其上白塔，身白如玉，隔水观之，日光斜照，熠熠生辉。

自山脚下，拾级而上，可见一雕梁画栋之门，四赤柱赫然鼎立，中通内外，可供游人进出，长廊次之，连接左右，曲折蜿蜒，廊下设长椅，游人三五成群，坐于其上，谈笑风生。穿门而入，车水马龙，万声嘈杂，只见日光斜照，绿影婆娑，凉气拂面，鸟鸣啾啾，水声潺潺，其景若世外桃源。

信步于庭，前行数十步，一石壁矗立于前，石壁两旁有勾栏石阶，约三十级。

渐行渐觉日光愈强，见一台子，名曰望河台，可观金城全貌也。

（任课教师：胡安顺）

蓬莱游记

张凯祎

（2013 级汉语言文学四班）

甲午孟夏，余携好友游于蓬莱。初登蓬莱，如临仙境，烟雾缭绕，海波迷茫，来往之人似天上之人也。余与好友泛舟于水上，笑曰："吾等皆天上之人也。"

暑气还未消，秋意凉一分。云光与水色皆聚于此，气势宏伟却不失精巧之致。苏轼书"人间蓬莱"于正门。

拾阶而上，至弥陀寺。弥陀亦为阿弥陀佛，为西方三圣之一。见多有信徒双手合十，伏于弥陀脚下，求红尘琐事。至丹崖仙境坊，上书"丹崖仙境"四字，乃董必武于一九六四年所提。过丹崖仙境，经显灵门，见天后宫。千年历史，沧海桑田，唐槐仍屹立于天后宫，郁郁葱葱。再移步，便是主阁。双层木建构，底层四面回廊，立有明柱十六，正门悬"蓬莱阁"之匾，为清铁保手迹。上层正殿绘有八仙醉酒图，四面环廊，环有栅栏、屏风。皆为木制。倚栏远眺，可见蓬莱全景，亦赏渤海全貌。

下阁，东门出。此乃蓬莱阁全景也。

（任课教师：胡安顺）

游岳麓山记

张婷

（2013 级汉语言文学四班）

余幼时习诗，虽不明其义，郎朗诵之。每读至"停车坐爱枫林晚，霜叶红于二月花"，心有异感。始知名亭，慕然向往。

二〇一四年八月末，余自小岛乘火车，历海峡，穿南粤，一路向北，至于长沙。翌日，携友人同游岳麓山。

山居市郊，湘江西岸。初至山麓，目之所及，群峰绵延，山林葱郁。乘缆车而上，山风徐来，倍感清凉。车至顶峰，立于其边缘，俯瞰其景，山下多学府，楼房如星，橘子洲狭长如剑刃横卧江中，江水悠悠，顿觉苍穹之广阔。余独立其中，有如桑田一粒粟，抑或如沧海一滴。尔后奔至爱晚亭，此处三面环山，一面临湖，四周皆枫林，是为胜景也。飞檐翘角，似腾飞状，红柱绿瓦，匾额悬于亭楹间，题曰爱晚亭，一石碑立于亭前，刻录其由来。游人如织，蔚为壮观。未几，留影而返。

此番游览之美好久未忘怀。所恨者，来去匆匆，不能尽兴也。

（任课教师：胡安顺）

南宅子记

陈秀娟

（2014 级汉语言文学教育一班）

南宅子者，一名天水民俗博物馆也。

南宅为明父子乡贤胡来缙与胡忻之旧第。来缙为县令，官声甚好，为百姓所爱。其子忻数直谏，众唤为"北海瑞"。庶几胡氏一族之雅望佑持此宅，使其于今仍立于此，不为今世文明所没。

其地广，有院落十二个，屋宇六十五座，俯瞰之，参差披拂。桂馥院、书房院、棋院、槐荫院、后花园于西；杂院、凌霄院、杨家楼院、董家院、戏苑、仆院、绣楼于东。其构宏伟，用料考究，雕刻精湛。

最得吾心者乃绣楼院，绣楼与丫鬟屋于此。绣楼分上下，上乃小姐闺房，下为丫鬟寝室。导者曰："十岁进绣楼，十一绣荷包，十二绣枕头，十三绣鸳鸯，十四觅夫婿，十五盘了头……奴待春风来侍弄，新月已上柳梢头。"待嫁之时，饮食起居皆丫鬟伺之。吾窃思之，待字闺中之少女终年累月于绣楼中大抵孤寂度日。

绣楼于小姐乃一米阳光，窗外之景，万种风情。《西厢记》之崔莺莺，《牡丹亭》之杜丽娘，皆乃其中徜徉情影。小姐坐于时空深处，唯将心事绣成静美之花，俟与良人结姻缘。

不胜感激"世界古遗迹基金会"，使天水古屋此西北小城古迹为世所知！同游者，吾姊芳。

（任课教师：胡安顺）

记大雁塔一游

黄小义

（2014 级汉语言文学教育一班）

国庆之时，九州同庆，吾与友相约共游大雁塔。

据载，唐永微三年，始建此塔。又言玄奘西行，途经天竺，携经法万卷，舍利万余而返，皆藏此塔，其终居于此，扬大乘佛法，书大唐三藏圣教序，后人传颂，乃成千古之绝。

及进塔，四环洞壁乃嵌题名碑，尽显雁塔风华，更有圣人名句印于通天明柱，唱尽千古风流。又有玄奘负笈而行，跋山涉水之画碑。拾级而上，见一佛立于中，巍然神者。再视，则有贝叶经法万卷，展于一方。友仰而叹曰："此乃吾国瑰宝，然世人何尝闻之？"至顶，远望长安，尽收眼底。

日暮时分，与友惜别而归。

（任课教师：胡安顺）

清明游

李燕卓

（2014级汉语言文学教育一班）

乙未清明，与人游龙峪湾。夜深始至山下，寻一野舍投宿。未几，酣然入睡。是夜，狂风大作，暴雨如注。间或电闪雷鸣，轰声阵阵，更有猿猴哀鸣，野兽咆哮。山中魑魅魍魉，悉出作乐。余于梦中惊醒，甚惧之，未敢眠。五更始昏然入睡。

翌日，风停雨歇，天色阴沉。起身步于屋外，惊觉野舍建于山坳，坳宽约百米，群山直插云天，可谓"黄鹤之飞尚不得过，猿猱欲度愁攀缘"。舍西十余步，有小溪，溪水湍急，盖因昨日暴雨。水抵两岸，悉皆怪石，敧嵌盘曲，不可名状。清流触石，洄悬激注。上有小亭，茅草为顶。余步于亭上，下览清溪，上观群峰，既听溪水潺潺，又闻游人相戏。食野菜，品清粥，可谓快哉？

食毕，往鸡趾峰，途雨雪。初细如糖，至山下，已如柳絮因风起，纷纷然欲迷人眼。山多石，石苍黑色，多平而方。树木众多，生石罅，无鸟兽踪迹。山木皆灰黑，偶有桃花几枝，雪落其上，凝结为露，鲜艳欲滴。但见一清溪奔流而下，斗折蛇行，明灭可见，余拾级而上，欲穷其源。行至山腰，有一木桥，与邻山相接连。是时雪骤，积深约一指，因山路湿滑，未敢前行，无奈黯然回反。

清明时分，山中仍属冬日。万物凋零，并无胜景，然余记忆尤深，皆因山中少有人至，寂寥无人。余漫步其中，感天地之宏伟，顿觉人世烦恼如过往烟云，转瞬即逝。

（任课教师：胡安顺）

萧关记

丁慧

（2014级汉语言文学教育一班）

古人云："东函谷，南崤武，西散关，北萧关。"故与友人游于萧关，特作此记。

乙未仲秋，山色朦胧，细雨霏霏，吾与友人乃沿径而上，山行七八里，至山顶而立，众山皆小，锦绣之色，尽收眼底。仲秋之际，层林尽染，红黄相交，枯木满地，寒气袭人，云雾缭绕。居高地而望，似雾中有画，画中有景，吾与友人皆为所动。其山亦险，皆是土石，凹凸不平，似幽鬼匿于山中，吾与友人毛骨悚然，皆不语，彼此相望。至午后雨渐歇，景亦佳，群鸟语，唯吾二人行于山间。

少顷，夕阳西下，暮光似纱，罩于萧关，树木挺立，阴阳分明，天地之灵，集于此地。秋风忽来，叶翩翩而落。俄顷月出，山皆静，独闻虫语，星似眼，灵光无限。月渐高，月光似霜，倾撒满地，气温渐凉，然我二人久不愿离去。

月至半空，吾与友人乃返！

（任课教师：胡安顺）

雁塔一游

刘璐

（2014级汉语言文学教育一班）

乙未菊月，清风送爽，吾与友人同游大雁塔。彼时游人如织，妇孺老少络绎不绝。恰会国庆之喜，众人以七日之休假游长安，访寻古迹。

及下车，但见雁塔广场人头攒动，游人摩肩接踵，所行甚慢。所幸南门游人渐少，吾得以入而观赏。见一泓清水潺潺流去。池水清澈见底，偶有金鱼玩闹嬉戏，安然闲适。昔日"曲江流饮，雁塔题名"之盛事为世人称道。古人于出访游玩之时饮酒作赋，互品诗文。反观今日有人步履匆匆，唯拍照留念而已，不曾真正静心游赏，仔细品读。实为一大憾事。

移步塔下，塔身巍峨雄壮，气势恢宏。虽久历风雨仍屹立不倒。"慈恩塔下题名处，十七人中最少年。"香山居士千古名诗回响耳际。嗟乎！白乐天少年多智，一举中的。同为少年，自身却一事无成，难免唏嘘。

恍惚之间，夕阳已落山，吾与友人返回学府。

（任课教师：胡安顺）

评五柳先生

刘璐

(2014级汉语言文学教育一班)

五柳先生者，浔阳柴桑人也。性嗜酒，好读书，不求甚解；善属文，爱田园山水，不言教化，不事雕琢。先生遗世独立，举手投足显英雄气概，放浪形骸显魏晋风骨。

先生久居田园，东篱采菊，对酒当歌，种豆南山，常荷锄戴月而归。所记桃花源中，阡陌交通，鸡犬相闻，黄发垂髫并怡然自乐。先生有言曰："园田日梦想，安得久离析。"呜呼！心有山川不远游，久居樊笼返自然！

先生嗜酒。访梅问菊，吟诗作赋，种瓜点豆。率性自然，葛巾漉酒。或抚无弦之琴，怡然自得，宁孑然独立，而不为斗米堪折腰！

赵孟頫赞先生："弃官亦易耳，忍穷北窗眠。抚琴三叹息，世久无此贤。"

（任课教师：胡安顺）

牛背梁记

王海英

(2014级汉语言文学教育一班)

时维九月，序属三秋，余与舍友共游牛背梁山。行于山道，树林荫翳，鸣声上下，水声潺潺，空气清新，令人心旷神怡。复前行，游人不甚多，吾得以缓步共赏佳境。途径果园，葫芦峡，四圣潭之属，美哉，吾深感造物者之无尽藏也！

步行数千米，改乘缆车而上，缆车缓而稳，渐升高，忽觉众山小。下缆车，复步行，云烟缭绕，缥缥缈缈，俄而晴，云烟散，山峦见，一碧万顷，未几，复又云卷云舒，气象万千，如临仙境。嗟乎，此之谓牛背梁大观邪？

至巅，虽疲惫不堪。稍事小憩而返，至山下，疲极，暮投农家园住宿。

（任课教师：胡安顺）

西安城墙游记

朵芝君

（2014级汉语言文学教育一班）

乙未十月秋，与友两人相邀共赴西安城墙，此乃长安城内一大盛景也。

西安城墙绕旧城而建，周长十余里。今城始建成于明代，后世屡有修缮。

遥望城墙，巍峨耸立。余自永宁门攀登而上，经长乐门，安远门，安定门环城而游，此四门为主城门。每门城楼分为三重，为闸楼，箭楼，正楼，其式样为歇山顶式，四角翘起，三层重檐，底层有回廊环绕，古色古香，巍峨壮观。其间又有朱雀门、勿幕门、含光门、玉祥门、尚武门、和平门、文昌门等共十八座。立于城墙之上，西安盛景尽收眼底，城中古今建筑参半，有古今兼容之感。

步于城墙之上，其宽数尺，可容数车，往来游人或骑行，或步行，络绎不绝。城内屋舍俨然，古色古香；城外高楼大厦，鳞次栉比。孰视之，城墙设吊桥，闸楼、箭楼、正楼、角楼、敌楼、女墙、垛口等，皆为军事所用，其中瓮城为屯兵之用，马道为战马上下之用。行人立于城墙，有居高临下之感。

游毕，乘兴而归，回味良久，是以记之。

（任课教师：胡安顺）

观金钱

黄万英

（2014 级汉语言文学教育一班）

赵有铲，齐有刀，楚之蚁鼻。及至始皇，一统天下，"以秦币通天下币"，孔方流于四海。汉初使民放铸，巨商大贾操其权，富可敌国，直逼天子。汉武帝收诸中央，权归皇室，造五铢，通五湖。北宋货币流畅而铜料稀缺，州府以铁补之，重且不便，变更之，交子见。此乃货币流变之简史，世事更趆，代代新之。

钱之一物，人皆需之。

时逢浊世，钱非万能，而无钱则万事不能。纵有君子洁如竹菊，而需食五谷，非钱不能。

今民风开放而人心不古，女子求房车兼备、父母双亡者为佳婿，男子亦慕肤白貌美、名门淑媛作妻以图捷径。

吾以微言劝世人：钱财实乃身外之物，币不在多，够用即可。正所谓，良田百顷，只要三尺卧眠，佳肴万席，仅需两碗充饥。

（任课教师：胡安顺）

长假出游说

黄万英

（2014级汉语言文学教育一班）

金秋十月，有长假七天以供玩乐。举国欢庆，故名山盛水人满为患。

何日无风景，何处无山水？但少闲时与亲同游。况景区之景，遮阳伞遮天朗气清，摄像头失水光山色，唯见人头攒动，口舌之争亦闻。孰若手捧闲书，半卧床榻，或小酌可乐，或大嚼米花，间刷朋友圈之美图、美景、美食、美人照等，岂不快哉？

（任课教师：胡安顺）

记游大唐芙蓉园

黎萍

（2014级汉语言文学教育一班）

余于九月初，携友人同游大唐芙蓉园。是日秋高气爽，惠风和畅。

待余入园，已黄昏矣。众游人络绎不绝也。余与友沿桥直上，桥如拱月，白玉雕砌。立桥之上，凭栏而望，霞光倾泻，湖如铜镜。湖中鱼三两成群，往来嬉游，无忧无虑，待游者投食，又似与游人相乐。吾复前行，湖中莲叶成片，或挺立，或俯于水，延伸至堤岸。友叹曰："此处俨然如瑶池，人间仙境也。"

复前行，见一山立于前，如佛打坐。山前瀑布飞泻，水声潺潺，水雾迷蒙。吾立于山之前，微闭双眼，若置身山野，听水之声如闻伯牙之乐，暂忘尘世之事，只觉心神畅然。

待友呼余，恍然醒矣。天色已晚，吾与友沿小道行。是时游人相继散去。

吾三人亦尽兴而归。

（任课教师：胡安顺）

明妃论

黎萍

（2014级汉语言文学教育一班）

王嫱，别号昭君，南郡秭县人也。年十八时，以"良家子"入选掖庭。

当是时，汉元帝宫人既多，不得见。乃使画工写其貌，按图召幸。宫人为得帝之幸，皆以千金之财赂画师。唯昭君鄙画师之所为，且又自恃其貌，而不行贿，故终不得见帝。帝乃不知深宫藏此佳人也。匈奴入朝，元帝应单于"愿婿汉氏"之请，使昭君入匈奴。及昭君行，召见，元帝惊其貌，实乃楚楚佳人也，甚惜之。昭君举止娴雅，善应对，帝深悔之，然则悔之晚矣，后诛画师毛延寿。

及至匈奴，侍单于三载，育有一子。后单于卒，乃寄书汉元帝，请反中原。元帝拒之曰"从胡俗"，乃复嫁单于长子，育有二女。后卒，墓依大青山，傍黄河水。

后世之人多悲昭君之不幸，叹其命途之舛。子美曰"一去紫台连朔漠，独留青冢向黄昏"，太白诗云"一上玉关道，天涯去不归"，皆叹其之惨悲也。然余以为，昭君之不幸，乃国君之过矣。君不能竭力以治国，国弱也。待匈奴来朝，有求必应，致昭君之不幸也。且待昭君上书请归于朝，元帝惧匈奴，

163

未应嫱之请求，乃使昭君复嫁于单于之子。嫱寄身塞外，遥望南国，思归情切，日日望鸿雁，鸿雁年年飞，终不知塞南事。

嗟乎！佳人有佳容，却不能因之安身，反受屈辱，实乃时代之悲、国君之过也。

（任课教师：胡安顺）

留侯论

白雪

（2014级汉语言文学教育一班）

余读《史记》，其间言子房年少时，弟死不葬，唯欲求刺秦者以报灭韩之仇。子房尝与客狙击秦皇帝，事败乃匿其身。此可见子房之年少气盛，谋事不精，刚勇急显而莫能成事。圯上之老人坠其履，命子房取而为之履，深折其少年刚锐之气，为长其度量，使其才德皆备矣。夫老人者，圯上赠书，且以"王者师"期于子房，可谓知人矣。此圯上之事，先人多论之。宋有东坡言其"忍小忿而就大谋"，赞子房之大勇。近人李宗吾谑之曰"老人教子房脸皮厚也，而子房又教于高祖，遂成其大业"。余见此言，莫不喷饭，叹此亦真言矣。古之论成败之资者众，盖谓豪杰之士必有过人之节，皆叹其大智大勇，称其旷达能忍。余静思观之，天有其道，人各有性，物性非人力可变，人性亦难同于一者也。言成败在于能忍与不能忍之间，亦有所偏颇，子独不见能忍与不能忍各有其才用乎？

昔者比干力谏暴纣，昏王剖其心，世间莫不惊；子胥一心为吴，终为吴王赐剑自刭之，其死时犹告舍人，树梓于墓上，抉眼置于吴东门，以观吴之灭。有此豪言先见，然未得识于夫差。此二人者，皆因其不忍见国亡而不救，乃竭力尽才犹未见纳，其身死而贤于生，以劝后世之臣。鲁有将曹沫者，三败北，亡地五百里，沫未耻于此而自刎，怒弃三北之耻而以勇气执匕首劫桓公，尽覆亡地；秦末俊杰并起，以反二世，项羽独以拔山盖世之气，立义帝以抚民心，叱咤千军，纵横战场，终首灭秦政。若此二士者，亦有不忍强权凌辱之志，又以勇力服人，方得胜矣。

嗟夫！能忍与不能忍各有其用，不可强加。物变难测，权位不定，时势如流，浩浩汤汤，若有能者，御于能忍与不能忍之间，必成其志而安退也。

（任课教师：胡安顺）

游翠华山记

孟祎

（2014 级汉语言文学教育一班）

翠华山亦谓之太乙山，元封三年汉武帝修太乙宫于峪口，且闻太乙真人修炼于此，故其后名之曰"太乙山"。

太乙山胜状有三奇。

一奇谓奇石，山崩而成，浑然天成，峭壁耸立，险不可攀。其高如泰山之巅，其险如华山之梯。

二奇谓之池，号称天池。如视明镜，碧波微荡，纤尘不染。临溪而坐，尽得池之闲趣。

三奇谓之洞。奇洞有二，其一谓之风洞，巨石相依，凉气袭人，寒风嗖嗖，砭人肌骨；其一洞为冰洞，亦阴冷刺骨，寒气逼人。坚冰垂凌，常年不化。

时乙未年庚辰月某日。

（任课教师：胡安顺）

论钱

郑玉芬

（2014 级汉语言文学教育一班）

古之钱为金，今多为纸，携之益轻，易之益便，且今往往流于网络之中，流之于无形而如骏马之疾，如江河之激。俗语曰："有钱能使鬼推磨。"钱可谓神物，使人温饱，使人安乐，使人得其所欲，获其所爱，而取之不易，用之有竭，故人人力逐之。

钱为智者之奴，愚者之主。智者多轻钱，何故？其皆知钱之利弊，钱有百利亦有百弊，富者之寿少有过百，古之皇帝寿亦少有过半百，故钱虽为神物而实非万能，钱可换荣华不可换生命，可换药物不可换健康，可购房屋不可得家，可购书籍不可得智。然愚者为逐利以弃健康之体，亲朋之情，生活之乐，善良之性，钱财为身外之物，为生活之辅，因身外之物而舍自身之珍宝，实乃得不偿失也。

古语云："为仁者不富，为富者不仁。"自古商者重利轻义，皆为利来，皆为利往，然纵有黄金万两，房屋千间，而无力得世之美名。一箪食，一瓢饮，在陋巷，颜渊不改其乐，而流芳百世，人人所敬。和珅敛尽钱财，富可敌国，虽享半世荣华，然为皇帝所嫉，百姓所恨，而遗臭万年。

今有戏言曰："人生所恨，人在而钱无；更恨之事，钱在而人没。"钱非人生之唯一，故应爱之有度，取之有道，若有富余，则济弱助贫，救人于水火之中，此乃用钱之正道也。

（任课教师：胡安顺）

记兴庆宫春游

郑玉芬

（2014 级汉语言文学教育一班）

乙未年春，吾与二友游于兴庆宫公园。

早春之晨，天微凉，风和日丽，吾乘车至兴庆公园，见游者甚众，或玩嬉戏，或放纸鸢，或与百花合影，商贩叫卖之声掺杂其中，一片热闹之象。其中湖水如平镜，水波荡漾。绿树环绕，凉气沁透心脾。水中偶现鱼影，来去匆匆，似避游人。林间幽深静谧，唯闻百鸟啼鸣，令人心旷神怡。至午，阳光铺于水面，凉气渐退，众鱼影渐现，颜色各异，结朋伴友，畅游嬉戏，是时湖边游者亦增，吾故携友而去。

（任课教师：胡安顺）

币史简说

李小妮

（2014 级汉语言文学教育一班）

始皇"以秦币同天下之币"，乃弃珠玉龟贝之属，而黄金为上，半两为下。秦亡，高祖使民铸钱，及至武帝，以五铢收权于朝廷，遂定型定制。

汉末，卓坏五铢铸小钱，是乱之始也。曹魏用旧不改，刘玄德铸直百钱于蜀，孙仲谋铸大泉五百、大泉当千，不一也。司马氏伐魏收蜀并吴，继用五铢，然君臣奢靡，朝政混乱，币何能安之？宋齐梁陈有鉴于往古，应之以紧缩之策，加之以战乱之苦，故财物匮乏，多私以实物易之。杨坚建隋，清明一时，然炀帝暴若桀纣，不惜文帝之功，故民不聊生，又何谈经济？

唐武德四年，废五铢，行通宝，时人赞曰"远近便之"，市井昌盛，钱银帛并行，此多元币制为人称颂，是为商旅往来之助也。陈桥兵变，赵氏王天下，然只求上下相安，虽力振农商，并钞法之制，奈何割据之害，币种复杂、钱文多样以致钱荒之弊，其困难解。纸币因行之不衰也，是为交子。铁钱难携，为民所需，此为宋纸币之始也。

至元，得纸币之利，鉴于前朝诸害，故完备币法禁用金银。奈何战争耗材，唯多发以供需，难逃膨胀之害？至于明清，辅之以银两制，西洋涉足，币局复杂，信义不佳，晚清尤甚。

纵观之，货币为民之所重，亦为国之所重，今适逢风云变幻之局，诸国均以经济为首位，经济与货币，唇亡齿寒，勿以大国而忽之，历朝得失，当以谨记，方为振国振民之道。

（任课教师：胡安顺）

游马嵬驿记

李小妮

（2014级汉语言文学教育一班）

乙未年九月，吾游马嵬驿，同行者五六人，皆好友也。适逢国庆，众人出游，所到之处，人头攒动，商贩叫卖，络绎不绝。

吾早闻马嵬驿，然未尝往之，今与友同去，一路野花飞鸟作陪，别有乐趣。

　　此地为唐时杨贵妃自缢之地，众人皆知杨氏之美貌，以红颜祸水传之于后世，得玄宗之宠，受天下之妒。时人叛乱，上下兵变，贵妃殁，军心安，可恨死一女子又能伤敌分毫？未见其真人，不知其美貌，可叹无寸力以还击。文人多情，作《长恨歌》，写尽情真意切，博得几多怜爱、几多唏嘘，只未见贵妃之心。生死不定，贵妃之荣，又何羡焉？

　　日暮，乘车而归，一路无话。

（任课教师：胡安顺）

卷四　散文

五柳先生新传

李小妮

（2014 级汉语言文学教育一班）

　　陶渊明，字符亮，又名潜，浔阳柴桑人也。自幼修习儒家经典，天资厚朴，然家境日窘，时值魏晋之风，以门阀望族为重，故终不遇。

　　太元二十一年，潜初出仕，任江州祭酒，后历任恒玄幕僚刘裕镇军参军、刘建宣建威参军，及至辞官彭泽令。仕宦十三年，官小位卑，心中抑郁难平，不堪逢迎，心神俱疲。义熙元年，决然归隐。自此躬耕田垄，草屋布衣，以宅边五柳树为号。虽贫病交加，仍持君子之志，不慕名利，淡看生死，品酒赏花，诗文为志，常以伯夷叔齐自比。元嘉四年，卒于浔阳。

　　陶诗有"外枯而中膏，似淡而实美"之风，然不合于时，佳作虽多，阳春白雪，难觅知音。唐宋以来，方为人所知，遂

169

开评陶品陶之风，尤为东坡所爱。子瞻作和陶诗一百零九首，赞曰：质而实绮，癯而实腴。自元明以来，赞陶之声亦甚。

吾爱先生之性情，诗酒作伴，与菊为友，为饮杯中物，常扣亲旧之门，然亦不为五斗米折腰向乡里小儿。节气甚高而淡泊宁静，乃为万代人之师。贫而益坚，靖节乃真隐士也。

（任课教师：胡安顺）

钱之问

彭佳琪

（2014级汉语言文学教育一班）

荆州江夏有一士绅，姓钱名量，字之问，性嗜孔方，家有万贯而犹觉未足。一日忽毙于宅中，仵作多番查验，言其乃气血耗尽而亡。然其周身无一伤痕，且素来饮食精细丰足，又无甚疾病。故终成悬案，不得而解。

钱氏早丧兄长，遗有一子，素性豪迈，好游赏山水，人称游郎。因钱氏无妻无子，又为人悭吝，游郎得以承其家业。

游郎自闻钱氏死讯，日夜兼程奔丧。归居于钱府旧宅。思及生平虽多豪情壮志，然困窘常伴，今得意外之财，不觉心情激荡，辗转难眠。迷蒙之间听梁上似有人声。只听一人道："想那钱之问，本江夏一贫寒教习，因在其园中掘出吾之尸骨，吾遂助其发家，以气血为偿，本想得其半付骨血以还阳成人，怎料钱氏贪心不足，不顾体弱，一意与吾交换，吾终得以成人。枯骨老弟稍待，想那钱氏子侄应与其本性无异，待为兄复助汝成人。"游郎悚然而惊，又闻一声低哑刺耳如刮骨道："如此便多谢尸兄了，但与钱氏所易银钱从何而来？"尸兄笑答："何来银钱，石子充数了事。"

游郎恐极怒极，两肋气血翻涌，跃起暴喝曰："好呀！梁上何人！"屋内陡然而静。复明日，游郎攀梯而上，梁上只余一副白骨。复往库房，但见满屋河石草绳。游郎后怕不已，汗透重衫。极速返家，望家徒四壁涩然笑之曰："吾终生只愿与困窘兄相伴不离。"

时人闻之，叹曰："钱之问，钱之问，尸兄骨弟伴此生。金玉满堂留不住，河石草绳遗侄孙。"

（任课教师：胡安顺）

太平峪游记

彭佳琪

（2014 级汉语言文学教育一班）

乙未仲秋，金风飒飒，玉露泠泠，遂与友人同游太平峪。

太平峪在长安西南，旧时为隋帝行宫，名曰太平，因以为名。自峪口而入，但见山峻林茂，树木荫翳，阴冷入骨，然水清石白，山色空蒙，景致秀绝。自石梯迤逦而上，至岩壁，箕踞而坐，举目而眺，秦岭诸峰皆隐于云雾，俊秀异常。祖咏言终南阴岭秀，实是贴切无匹。

余与友人施施而行，漫漫而游，访山之深，览林之幽，竟忘世俗。午后下山，兴尽而返。

（任课教师：胡安顺）

游牛背梁记

王慧梅

（2014级汉语言文学教育一班）

乙未之秋，吾与友游于牛背梁。据传，老子骑青牛，离秦入楚，至此，青牛年老而死，其身化而为山。其高耸之山梁犹如牛背，故名曰"牛背梁"。

初入山，寒气袭人，令人心旷神怡。山脚之树木郁葱，绿叶繁茂，枝干苍虬，树间有鸦间或一鸣。峰回路转，现一石桥，薄雾笼之，若隐若现。吾凭栏而望，与友留影为念。至山腰，有一湍流泄下，有"素湍绿潭"之感。水底之石可粒粒数也。水中立石柱，状如蘑菇，吾与友踏柱渡河。举头望山，巍峨峻陡，直插云霄。虽未至顶，吾已气喘吁吁。遂与友乘索道登山，有一步登天之感。俯视下景，万物皆收于眼底。云雾绕于吾身，飘飘欲仙。其险非吾言语可述。

出索道，向上行之，愈感寒气逼人，故吾增衣以保暖。其山道亦愈险之，登至南天门之上，颇有"会当凌绝顶，一览众山小"之感。

此行虽疲乏不堪，但吾心志愈坚，虽累犹乐，故吾不虚此行也。

（任课教师：胡安顺）

柞水游记

白月

（2014级汉语言文学教育一班）

今夫五岳，独领风骚，众亦趋之。昔者赤壁、蜀道……奇伟壮丽，人迹罕至。然则游者只择奇景乎？答：未必然。

国庆之日，正午之时，吾等已立于牛背梁之巅矣。顷刻间，炊烟袅袅升起，如临仙境。群山万壑，云雾缭绕，绿叶枯枝，冰山草甸，实乃一派四季交替之景也，不亚于五岳也。

（任课教师：胡安顺）

牛背梁游记

蒋鉴樱

（2014级汉语言文学教育一班）

乙未年秋，余与友人偕游牛背梁。牛背梁者，秦岭之一山也。是日也，天朗气清。始入山，树多翁郁，耸直入云。道旁溪流淙淙，远胜丝竹管弦之乐耳。碧水击石而白花出焉，银珠四浮，此亦"大珠小珠落玉盘"耶？山中唯一小径蛇形逶迤而上，偶有石柱当途，为涉水而立，行人莫不踯躅踏步而行，惊呼以过。陟彼半山，同行者悉乏急，遂乘一缆车直上青云。余恍恍然如处诸名画之中也。铁索之终端，摄乎二峰之间，白雾环绕，乃似天门。如梦如幻。由缆车下，凉风袭人。余等皆欲登南天门以览天下，遂未尝歇而止。登顶四顾，皆白茫茫然。于是稍止歇而返。

（任课教师：胡安顺）

魏王论

段立坤

（2014级汉语言文学教育一班）

东汉末年分三国，烽火连天不休。魏、蜀、吴呈三足鼎立之势，中原群雄逐鹿。魏主曹操，世皆称其为"治世之能臣，乱世之奸雄"。开一代先河，挟天子以令诸侯。虽生性多疑，杀伐决断，狡猾而奸诈，亦好色之徒也。吾往观之，不以为然。

夫孟德实为古之豪杰之士，比秦皇、汉武，又胜众帝王过甚。似陶朱公、吕尚、周公、淮阴侯者也。魏王乃文武全才。

文能执笔安天下，一生善于琴棋，吟咏汉乐。撰诗文无数，诚为建安文学之源泉，风骨文气之根本。叙哀乐风情，抒凌云壮志，独领风骚数千年。是时，魏王识时务，迁都许昌，兴修水利，屯田以谋生产。尚俭薄税，救万民于水火之中。进而以法治国，是礼先行，以图太平盛世。

武能跨马定乾坤，一骑绝影驰疆场。招贤纳士，任荀彧、贾诩、郭嘉、程昱等众，皆智谋杰才。又有于禁、乐进、许褚、张辽、张颌、典韦等龙威虎将。益广纳贤良，自谓若有关云长、蔡琰、许攸、陈琳等文武良才相助，当如虎添翼，其求贤若渴如是。初，魏公兴兵于陈留，亦出荆轲、聂政之计刺董卓，事败侥幸于不死，后盟十八路诸侯，讨董卓，兴汉室，拒袁绍于官渡，以寡克众。伐乌桓而归，遂又兴兵南征，虽惜败于赤壁，败逃华容道。知胜败乃兵家之常。既而平定关陇，决战襄樊，坐拥中原。

纵观魏王戎马一生，运筹帷幄善用贤良，一统中原，平定边疆，战功不可胜数，且诗文盖世，堪称一代文武全才。

（任课教师：胡安顺）

历史回眸

——时值清明念及太史公

叶庆铭

（2014级汉语言文学教育一班）

世之奇伟瑰怪，非常之胜景，莫不处人迹罕至险远之僻地；世之奇才栋梁、伟男子，莫不经一番磨难苦辛，然后而能有所为。

西汉太史公司马子长，少从学于孔安国、董仲舒，而有所成，待及冠，漫游诸郡，以察民情。后任郎中，奉使西南，不负帝命。元封三年，授太史令，著述历史以承父命。以"究天人之际，通古今之变，成一家之言"为旨，撰成《史记》，为"廿五史"之首，后人誉作"史家之绝唱，无韵之离骚"。

太史公居职长安，恰逢汉武盛世，公得以遍识天下俊杰，逢此良时，太史公胸怀兼济之志，欲著一书传诸后世。然时运不齐，命途多舛，因直言故，遭腐刑。惜言未立，苟活忍辱以就伟业，效法前贤，如文王拘而演《周易》，仲尼厄而作《春秋》，屈原放逐乃赋《离骚》。是故面极刑而无愠色。其书开通史之体，其文不拘于笔法，不囿于字句，发乎情，肆于心而为文，穿越千载而作此奇书，为昌黎公所捧读。

时值清明，思及太史公千载之前著书之艰，令余扼腕慨叹，此书不可不谓字字皆血，句句含泪！思及当下，所谓学者、专家，不可胜数，其有愧色否？今人著书颇多，然则堪与此比肩者，屈指可数，何也？彼者著书以心，此者著书求利。所谓见笑于大方之家者，此之谓也。

（任课教师：胡安顺）

卷四　散文

凤山赋

漆芷妤

（2014 级汉语言文学教育一班）

华夏之南有明珠宝地曰桂林，古名百越之地是也。水作青罗带，山如碧玉簪，桂林山水甲天下，此地有钟乳溶洞，怪石林立，两江四湖，实乃人间仙境。

桂林西南有永福县，誉为"长寿之乡"，其中有秀峰凤山，古称"华盖山"，以其山木亭亭如伞盖而得名，据《永福县志》载："隋大业中，有凤来巢，百鸟翔集……宋建隆中，凤复为巢，守宦间，迢遣使凿巢下石，得美玉，凿处成石，名玉液池，以凤巢名山。"华盖山由此改称凤巢山，现称凤山。

凤山脚下立石坊，石坊竖于花岗岩广场之上，坊以蓝漆为底，金漆镌刻"凤山"两字于其上，豪迈大方。过石坊，拾石阶而上，左右叠石成山，林木葱翠，泥土颗粒分明，红如石榴，与香草百花相映，甚是可爱。一亭在半山之巅，山下楼房林立，晚霞灿烂。

亭之上为佛堂，弥勒憨坐于门前，笑态可掬，手捧一钱袋，有孔供人投钱入，取聚财之意。进得庙中，左右两鼎，遍插燃香，青烟飘袅，其一为青铜鼎，一为黄铜鼎，均身刻繁复铭文。佛堂内有十八佛像，神态各异，或慈爱，或凶狠，高矮胖瘦，各不相同。佛堂左侧一小门，漆以朱丹，推门而入，眼下又见十座观音，彩釉绘其身，煞是精细，叹为观止。

出佛堂，入一小园，携一毯至园中，席地环坐，稍作歇息，将落日与茶一口饮下。少焉，一轮明月已上林梢，渐觉风出袖口，月到空中，忧虑愁怀，顿觉全无。

（任课教师：胡安顺）

论柳永

沈科舍

（2014级汉语言文学教育一班）

柳永，旧名三变，字景庄。后改名柳永，字耆卿，排行第七，故又称柳七。北宋名词人。一生坎坷宦游，以至晚年才及第得任余杭县令泗州判官等职。

柳耆卿为人放浪，终身潦倒。其词多写市井与歌妓，尤工于羁旅行役之情。词风婉约，词作甚丰，作慢词独多，为北宋第一专为慢词之人及革新者。

柳耆卿尝流连于市井，由求功名而厌宦，溺于旖旎繁盛之都市生活。以毕生精力为词，以"白衣卿相"自诩。予观柳氏作品，无拘无速，恣意放纵，雅俗并陈，直抒胸臆。

苏轼尝言："人皆言柳耆卿俗，然如'渐霜风凄紧，关河冷落，残照当楼'，唐人高处，不过如此。"吾亦觉之。

（任课教师：胡安顺）

洛阳牡丹赋

刘婉莹

（2014级汉语言文学教育一班）

洛阳之牡丹，素有华贵艳丽之称，雍容大方，仪态宛若皇家气象。每至仲春时节便纷纷开放，或有含苞待放之美，或有半掩芳容之丽，或有花开月圆之满，或有落英缤纷之柔，皆为美之上品。每至花季，闻芳往来之人络绎不绝，熙熙攘攘，热闹非凡，若盛大节日一般，敢与春节想比拟。

余为洛阳人也，念想家中牡丹，遂作赋一篇以表心之向往。花开夭夭，春日灼灼；花开姣姣，人之扰扰。余独爱牡丹，独爱家乡之牡丹矣。

（任课教师：胡安顺）

苏东坡传

赵志远

（2014级汉语言文学教育一班）

苏轼者，四川眉山人。字子瞻，又字和仲，号东坡居士。

其幼时用心于学甚劳，少年成名。除签书凤翔府判官，后擢直史馆。因与变法派意见相左，出为安徽颍州通判，继任密州、徐州、湖州知州，前后八年。此间朝中争议愈烈，变法派标同伐异，以为苏轼文辞妄自尊大，讥讽朝政，遂千里缉捕，由是身陷囹圄。经多方施救，死里逃生，贬黄州团练副使。后神宗崩逝，高太后主政，两岁中再迁至翰林学士。不数岁，洛蜀党争，恐重蹈覆辙，再请外调。又四年，哲宗亲政，新党故伎重施，苏轼被贬儋州。直至徽宗即位，大赦天下，始去儋州，越明年，身染重病，溘然长逝。

苏轼被贬黄州，寅吃卯粮，遂开荒地，名之曰东坡，自号东坡居士，以耕读为乐。制东坡肉，东坡羹及蜜酒，以果腹怡情。更作赤壁三咏，脍炙千秋。谪居儋州，食无肉，病无药，居无室，出无友，冬无炭，夏无寒泉。然其旦起理发，午窗坐睡，夜卧濯足，忘怀得失，亦自在开怀。兴农业谋富足，办教育开民智，爱民如子。待其去也，儋州百姓含泪相送。

苏门六君子李方叔为之作祭文曰："道大不容，才高为累。皇天后土，鉴一生忠义之心。名山大川，还万古英灵之气。识与不识，谁不尽伤？闻所未闻，吾将安放！"

吾以为东坡文思泉涌，工书善画，踏月饮酒，抚琴弄羹，既有儒士之风度才情，又怀老庄之恬淡旷达，实一代天才，为吾辈之楷模。

（任课教师：胡安顺）

论秦始皇

郑伟丽

（2014级汉语言文学教育一班）

始皇帝嬴政者，秦庄襄王子也。少时甚聪颖且善武。始皇十八年取韩，二十二年取魏，二十五年取越、取楚，二十六年取燕、取齐，初并天下，罔不宾服。王以名号不更，无以称成功，传后世。遂称始皇帝，后世以计数，二世、三世，至于万世，传之无穷。

始皇废分封，设郡县，立律令条文。车同轨，书同文，以便利天下。使蒙恬北筑长城而守藩篱，却匈奴七百余里。胡人不敢南下而牧马，士不敢弯弓而报怨。烹灭强暴，振救黔首，周定四极，威震天下。

然其不持之以恒，怀贪鄙之心，不信功臣，不亲士民，废王道，立私权。焚书坑儒，置国于危难之中，至于二世，欲行暴政，使国之灭亡。

从古至今，始皇之绩颇受争议，余私以为其功大于过。四海一乃前所未有，纵有过，不掩其大功也。

（任课教师：胡安顺）

六盘山赋

马文玥

（2014 级汉语言文学教育一班）

清明踏青，游览六盘山。予观夫六盘盛状，尖峰耸峙，悬崖万仞，尖石突兀，龙潭飞瀑。此山之险峻，令天下英雄却步。遥想主席当年，统率红军，登顶六盘，挥斥方遒，指点江山，激扬文字。今日登高，豪情万丈，喜在心头。

巍巍六盘山兮，雄浑壮哉，四时之景各异。初春之时，乍暖还寒，龙潭泄水，如条条银练，直入谷底。水波惊溅，激起涟漪阵阵；白雾缭绕，浮起雾霭层层。谷中一池碧水，清波微荡。盛夏将至，野芳幽香，佳木繁荫，溪水空明，藻荇交横，鱼禽嬉戏，尽收眼底。金秋佳节，天高云淡，鸟雀高飞，兔奔鹿走，风过山峦，黄叶乱舞。果实饱满，采而食之，滋味醇厚，使人流连忘返。寒冬既至，银装素裹，分外妖娆。水流冰冻，鱼翔浅底。群山之中，万物皆息，空荡悠扬，志趣别样。

遥记当年，始皇假道米缸山，汉武登顶巡安定；一代天骄坐拥十万雄兵。豪情壮志伐西夏，金戈铁马锁关山。忽必烈少年英才，运筹帷幄平六盘。又有长征精神，雄壮六盘。且看今朝，六盘脚下，回汉共居，六盘花儿，响彻高原。

（任课教师：胡安顺）

论辛弃疾

郎平

（2014 级汉语言文学教育一班）

辛弃疾，字幼安，历城人也。少习剑术，善属文。余窃以为，遍观五千年，纵横九州地，出身行伍，终成名于笔墨者，唯弃疾一人耳。

弃疾身逢宋金之乱世，胡虏侵凌，庙堂南移，中原豪杰并起。耿京聚兵山东，弃疾为书记，掌印信。不意军中小人窃之，欲投金贼。弃疾单骑追贼，三日，取其首级而还。为大业计，弃疾南下，不意数日又生变故，裨将降敌，耿京遭戮。弃疾大怒，跃马横刀，率数骑阵前擒叛，又奔袭千里，解至临安正法，并将万人归宋，时人壮之。

弃疾雅善长短句，其词豪情其外，报国其中，一改长短句靡靡之音，勇树豪壮之风，宋词无与其同者。何也？弃疾之词，不在技法，而在于气也。以文作词，以其气充之，故豪气由此而出，上干云霄，无有能与之相较者也。

（任课教师：胡安顺）

项羽小传

白雪倩

（2014级汉语言文学教育一班）

项籍者，下相人也，字羽。聪颖早慧，志在武功。剑技兵法均有涉猎，然心性浮躁，浅尝辄止。胸怀大志，放旷恣睢。曾指秦始皇言曰："彼可取而代也！"英雄气魄，为项梁所激赏。

年二十又四，籍从季父起事，举义旗，诛暴秦。籍身长八尺，力能扛鼎，才气过人，目生重瞳子，敌人莫敢视。杀守卫，起义于吴中。披坚执锐，身先士卒。鏖战巨鹿，破釜沉舟。所向披靡，诸侯臣服。

鸿门宴计，范增劳心谋利，项羽纵虎归山。楚汉相争，旷日持久，楚歌一曲，垓下被围。霸王别姬，自刎乌江。

项羽自立西楚霸王，自矜功伐，杀义帝，坑降俘，陷己于不义。高傲自大，坐失胜利之先机。生性多疑，弃用范增，失一智囊，断己一臂。鲁莽轻狂，匹夫之勇，终为刘帮所败，亦无足怪。

（任课教师：胡安顺）

李斯评传

田皎皎

（2014 级汉语言文学教育一班）

李斯者，上蔡人也，宁为仓鼠，遂废寝忘食，刻苦读书，师从荀子，融儒法二家之说，以效力始皇。

观其一生，夹辅始皇，统一六国，威慑天下，位极人臣。能言巧辩，《谏逐客书》，后世争相拜读。善"隶书"，号称书法之鼻祖。力助始皇"书同文，车同轨"，焚书坑儒，统一思想。若论大秦统一之功，通古当居首功。若论秦何以至二世而亡，难辞其咎。为高所用，矫诏立胡亥，杀扶苏、蒙恬、蒙毅。

其父子遭腰斩，三族被夷灭，实属罪有应得，恶有恶报。

（任课教师：胡安顺）

小解苏轼

邹子熠

（2014 级汉语言文学教育一班）

古来词话，如飞卿之精丽，端巳之清简，延巳之俊深，醉翁之骚雅，三变之广博，太虚之柔婉，而吾独爱苏子瞻，其文章绝妙天下，忠义贯日月，真神仙中人也。

苏轼，字子瞻，号东坡居士。为子童时，聪颖慧达，熟稔吟诗词，妙笔著文章。幼时母教《范滂传》，读罢，慨然不已，叹滂之忠义清正，遂问母："轼若为滂，母许之乎？"由此可见其天性方正敢为，而不顾其害。弱冠，与父及弟同至京师，中进士，欧阳修识之，神宗亦爱其文，宫中读之，膳进忘食。一时声名赫然。然命运无常，正当名动京师、大显身手之时，母亲谢世，遵忠孝礼节，苏轼遂回乡守孝三年。自是之后，苏轼仕途坎坷悲沉，屡次为道不同者所制，见谪于蛮荒之地。虽然如此，因其生性爽直，落拓不羁，故能悟佛道，通老庄，不以祸福易其忧国之心。吾敬羡苏公超然脱俗、忧国忧民之精神。惋惜其仕途不顺。倘若与王安石携手，定能兴大宋江山，立一世之功。

吾深爱东坡之词，开旷达豪放之风，激荡磊落，如山间明月，翠竹清流。其词逸怀浩气，超乎尘垢之外，心性偕同。吾每有郁结之事，便读《定风波》句："竹杖芒鞋轻胜马，谁怕？一蓑烟雨任平生。"喟然而叹，似见东坡飘然之姿，孑然立于尘世之外，声彻天地，如出金石。无论世间繁难多灾，而不失其赤子之心，诚所谓："云散月明谁点缀，天容海色本澄清。"

（任课教师：胡安顺）

陕师大赋

符宇

（2014级汉语言文学教育一班）

溯师大之史，至今已七十余年。两校区各有特色，老校区韵味古朴，树繁花多，古风犹存，亭台翠木，赏心悦目；新校区宏图大展，馆楼宏阔，设施齐全，花圃入眼，文明校园。

师大之图书馆颇有名气，藏书百万有余。雁塔馆古朴雍容，长安馆恢宏大气。

师大学院二十有一，专业六十有四，本科专科生一万八千余，硕博研究生七千七百余，外国留学生八百七十余，群英荟萃。

师大胜景，校景美奂，教师有德，学子谦卑。身在师大，铭记校训：厚德积学，励志敦行。

（任课教师：胡安顺）

安康赋

徐静

（2014级汉语言文学教育一班）

幽幽古城，汉水之滨。东面连楚，川鄂为邻。秦岭主脊横亘于北，巴山主梁蜿蜒于南。山环水绕，钟灵毓秀。

阳春三月，风暄日丽，燕舞莺啼。绵长汉江，潮平岸阔，梨花满院。黄髮骀背，怡然自乐，垂髫稚子，放飞纸鸢。

时欲入夏，荧光流畴。皓月当空，星辉满天。月照花林，江天一色。漫步汉水之滨，看红霞尽染。或登云雾仙山，赏龙藤幽兰。灵禽异兽，自在悠游。壁立千仞，峰峦叠嶂。古木参天，林海茫茫。

一叶轻落，岁之将暮。万山红遍，层林尽染。夕阳西下，波光荡漾，渔舟唱晚，雁阵惊寒。

山色水景，育一方文明。追忆往昔，辉煌灿烂。相传女娲补天，炼石平利。大禹治水，栖息太极。舜帝南巡，中渡留迹。秦惠王更元，始设西城。刘邦封为汉王，领地巴蜀。梁有骠骑将军李迁哲，唐出佛教祖师怀让。辛亥革命，钱鼎英勇捐躯。新文化运动，"三沈"与鲁迅齐名。

汉阴铜编钟，白河楚长城，秦岭古栈道，紫阳白石马，伟哉先民！滚滚汉江东逝，淘尽英雄风流。

千年古镇，人才荟萃。安中学府，人杰地灵。春秋荏苒双甲子，薪火相传百余年。

南宫雾海，燕翔奇观。金州"八景"，石泉"十美"，风光旖旎，山川秀美。紫阳富硒，汉阴大米，蚕茧丝绸，蜚声万里。地下宝藏，金银汞锑，开发合理，盛世安康。

（任课教师：胡安顺）

欧阳文忠公论

祝潇

（2014级汉语言文学教育一班）

公幼丧父，家贫，其母郑氏，以荻画地，以身授业，嘱公多诵古贤人篇章。既而其文初露，为诗文，下笔出人意表。天圣八年，进士及第，任西京推官，后因直言，左迁至夷陵令。知天命之年方调回京。暮年仕途通达，官至参知政事而致仕。

公为人风节凛然，好读书，博闻强识，涉猎颇多，主撰《新唐书》，独撰《新五代史》，一身兼墨客、名臣二职。公诗文、学问皆有盛名，为天下所慕，开有宋以来古文新风，继韩、柳未竟之业。宋初大臣之为文者，屈指可数。至文忠公，文始复古，天下欣然师尊之，风尚为之一变。

公爱才，奖掖后进，"三苏"、王介甫皆为其门生。

公之文备众体，变化开启，因物命意，各极其工，为有宋以来，诗、词、文诸体兼长之大家，旷代之才，非吾等敢窥也！

高山仰止，景行行止，虽不能至，然心向往之。时值清明，思及文忠公，因有所怀。

（任课教师：胡安顺）

留侯论

刘倩

（2014级汉语言文学教育一班）

古之所谓豪杰者，必有过人之处。或精于领兵，攻城拔寨，战无不克；或长于谋略，运筹帷幄，远见卓识。子房乃谋略中之佼佼者也。

当秦之方盛也，楚汉之争初起。项籍兵力较之于刘邦，强于百倍也。然子房弃项籍，择刘邦而辅之，何也？盖其知项羽空有蛮力，意气用事，终不能成大事矣。此足见子房识人之深、思虑之远也。

继而楚汉相争，子房施巧计助汉王败秦军，得黥布、彭越、韩信等猛将，进而灭楚。汉朝之立，子房功不可没。故高祖对其言听计从，称其"运筹策帷帐中，决胜千里外"。

已而功业既成，封赏群臣。唯子房不居功自傲，曰"不敢当三万户"，仅以小小留地为邑，整日托病杜门不出，行"道引"辟谷"之术，尝言"愿弃人间事，欲从赤松子游"。故免于猜忌，得以明哲保身，而未蹈韩信、萧何之覆辙。

由此观之，子房可谓真豪杰也。变幻莫测于仕途中，高瞻远瞩，进退有度。动如铁血战将，杀伐决断；静似遁世隐仙，清静悠然。呜呼！为人如此，可谓通达矣。

（任课教师：胡安顺）

东坡外传

郑玉芬

（2014级汉语言文学教育一班）

苏轼之名，老少皆知。因其至黄州之时居于东坡之上，故自号曰"东坡居士"。父洵好文，为一代名士，东坡及其弟辙承父之志，自幼好读书。母程氏知书达理，亦为其启蒙之师。及冠，已得儒、释、道三家之学，随父进京，为文忠公深识，遂入仕为官。

东坡人生之途几多坎坷，屡遭贬谪，甚左迁至荒芜之地，食芋饮水，天地为家，然其仍苦中作乐也。何故？一则因胸中存佛道之念而淡然，二则有挚爱相知相伴，东坡非孤鸿，一生得三知心人，实乃命之所幸也。

东坡少时，与其师之女王弗相识，后奉媒妁之言，结髪为夫妇。二人相敬如宾，举案齐眉，东坡虽长于弗，然因其不拘小节，直爽性急，往往错信于人，弗则聪慧细致，亦识得大体，常劝言于东坡，故有屏后听言之佳话。弗贤良淑德，与夫恩爱情深，然尚未共享安乐，染疾而亡。遗有一子，年仅六岁。东坡悲痛欲绝，植松三万，以寄哀思。十载之间，受尽相思之苦。某夜梦中相见，胸中忧郁，一吐而出，"十年生死两茫茫，不思量，自难忘。千里孤坟，无处话凄凉。……料得年年肠断处，明月夜，短松冈。"世人读此悼亡之词，莫不感伤流涕。

弗卒三年后，东坡始与继室闰之相伴。王闰之，弗之族妹也。是时东坡屡屡被难，漂泊他乡，闰之则不离不弃，为之排忧。元丰二年，东坡陷乌台诗案，闰之诚恐，故焚其诗稿，以保其身。后东坡遭贬黄州，薪俸甚少，闰之与其同耕织，共食蒿，苦也，亦乐也。一日，小儿于旁牵衣哭闹，东坡恼，骂之，闰之语与东坡曰："君何痴于小儿？既已至此，君何不乐也？"东坡心有感愧，遂以此事入一诗。元祐八年，闰之亦病逝。闰之乃东坡患难之妻也，亦为千古之良母也，东坡感念其恩，赞其贤德，遂作《祭亡妻文》："呜呼！妇职既修，母仪甚敦。三子如一，爱出于天……旅殡国门，我实少恩。唯有同穴，尚蹈此言。"卒东坡实与妻葬于同穴，守一生之诺，生则相守，死亦相伴。

东坡虽历二妻，然最知东坡之心者，当属王朝云也。朝云少时即入归东坡，后为其侍妾，一生辛勤，贬谪之时，万里随从。亦敏而好义，事东坡先生二十有三年，忠敬如一，更深知其心。一日东坡退朝，食罢，扪腹徐行，顾谓侍儿曰："汝辈且道是中有何物？"一婢曰："都是文章。"坡不以为然。又一人曰："满腹都是见识"。亦未以为当。至朝云，乃曰："学士一肚皮不合时宜。"东坡乃捧腹大笑。惜朝云亦短命矣。东坡葬之于西湖，且筑六如亭，亭柱镌一楹联："不合时宜，唯有朝云能识我；独弹古调，每逢暮雨倍思卿。"以此念人生之知己。

东坡为文学大家，亦为重情重义之男子也，虽历尽悲欢离合，阴晴圆缺，然不改其心。逆旅之中，三妇之功亦不可没也。

（任课教师：胡安顺）

西昌史略

鲁文学

（2014级汉语言文学教育一班）

西南边陲有一城，素有四季如春之美名。其古城坐落于安宁河谷中部及河东岸，春秋战国时称"邛都国"也。《史记》载"自滇以北，君长以什数，邛都最大；此皆椎结，耕田，有邑聚"，《后汉书》载"其土地平原，有稻田……俗多游荡而喜讴歌"，《汉书》载"邛都南山出铜"。设置郡县始于先秦，置一都尉，领十余县。西汉武帝元光五年（公元前130年）时，武帝以蜀人司马相如为中郎将，"通灵关道"，"桥孙水以通邛都"，首开西南边疆。司马迁经灵关道至邛都考察，于《史记》中写《西南夷列传》篇。三国蜀相诸葛亮南征，"五月渡泸，深入不毛"，七擒孟获即始于此。

唐懿宗咸通元年（公元860年），此地为南诏政权所统治，立建昌府，后为大理国段氏所辖。元至元十年（公元1273年）大理国为蒙古族所灭，至元十二年（公元1275年）元王朝改建昌府为建昌路，以罗罗斯宣慰司总之。明洪武十五年（公元1382年）改建昌路为建昌府。清雍正六年（公元1728年）裁卫置县，始称西昌，属宁远府。至此，西昌之名沿用至今。西昌不若古都长安、建康等历史悠久，但亦有其发展史。

（任课教师：胡安顺）

欧阳询评传

吴姗姗

（2014 级汉语言文学教育一班）

欧阳询，字信本，潭州临湘人。南陈左卫将军欧阳纥之子，南梁太平二年生于衡州，本出潭州临湘。

信本与伯施、登善、嗣通三人并为"初唐四家"，其与伯施俱以书名唐，二人并为"欧虞"，后人以其书于平中险绝，最便初学，号为"欧体"。为作楷书有《九成宫醴泉铭》《皇甫诞碑》《化度寺碑》，为作行书有《仲尼梦奠碑》《行书千字文》等篇。

信本敏而好学，读书数行同尽，少而博矣，通《史记》《汉书》及《东观汉记》三史，尤笃好书，几近痴也。尝乘骑出游，偶于道侧见晋索靖所书之石碑。立马谛视久乃去，方行数步，又返回下马省观，叹息数，而不去，竟铺毡而坐，反复揣摩，于碑旁连坐三日方去。

信本非唯一代书家，亦一代论者也，其所撰《传授决》《笔论》《八决》《三十六法》皆为自学者书经，总结执笔、结体、布局之法，乃中国书论之珍品也。

（任课教师：胡安顺）

陕西师范大学赋

成佳

（2014 级汉语言文学教育一班）

流光溢彩，重楼相倚。莘莘学子，求学孜孜不倦；游人如织，往来络绎不绝。畅志园内，烟树繁花掩映；曲江流畔，赏不厌四时美景。

师大美景不胜数，尤以图书馆闻名。自我师建校，重图书馆之建设。建馆六十余年，藏书众多，贯通古今，囊括中外，浩如烟海。而我师大师生，皆勤奋之人，游与书海之中，不知疲倦，思之乐矣！

师范者何？桃李无言，下自成蹊，育西北之师资，孰与师大比多？十年树木，百年树人，不二古训，舍我师大谁何？学为人师，身为世范，乃师大学子之雅训。勤于学术，心系兴亡，须平生之努力。师者，所以传道授业解惑也。学为人师，游于艺，志于道；以身为范，谨乎言，行礼义。

噫！方向既有，各为理想竭尽气力；目标既明，不破楼兰终不归还。

（任课教师：胡安顺）

富源赋

王茜

（2014 级汉语言文学教育一班）

云南富源，彩云之乡。山峻川秀，物美丰醇。千年古县，孕历史之浩瀚；广袤山野，藏无限之珍宝。绿色食品之乡，筹一片田园之宏图，布五湖八景之画廊。

古郡平夷卫，为滇黔之要关。凤鸣山巅，清溪河畔，文庙耸立；胜境雄关，古驿道长，久历沧桑。千古悠悠，代有人杰。东汉尹珍开南域，造福子孙后代；明朝张璁施仁政，享誉百城千乡。人事非而旧城在，百业兴而宏图展。

欲观富源全景，登旧城山巅。顶峰平展，豁然一阁，凤鸣楼也。阁有洪钟，历之有年。木杵撞之，洪响悠远。峰石百态相斗奇，芳树杂然而争茂。

（任课教师：胡安顺）

师大老区小景赋

吕辛芍

（2014 级汉语言文学教育一班）

昔之旧都，古城长安，历史悠久，举世闻名。环八水而襟黄河，拥秦岭而衔昆仑，据平原而穿丝路，启文明而孕华夏，聚天下之王气，建千秋之大业，出江山之人才，负文坛之兴隆。盛哉！予闻盛名，仰之既久，遂赴此游学于名校陕西师大。

初进校园，但见楼宇掩映其间，典雅秀丽，端庄大方。印象最深之景，非图书馆莫属。青砖淡瓦，红漆大门，窗阁镂空，白石为阶，青石作栏，西种迎春，东植玉兰，绿柳掩映，桃李纷呈。青藤攀壁，引蔓而上，翠墨欲滴，萦窗绕梁。细枝密叶，蔓延砖墙，偶有微风，群绿浮动，似青衣仙子，摇曳多姿。

时至今日，已游学春秋两载。初学之时，历历在目。万事俱变，不变者，师大四季之景也。一校分立两区，新区高楼拔地，地广人稀；老区林带之晴翠扑面，花圃之新葩耀眼。是故更喜老区，风景如画，怡然自得。

师大老区之春也，杨柳青青，蓓蕾朵朵，鸟鸣嘤嘤，上下于飞。三月暮春，曲江流饮，鸳鸯戏水，玉兰树头春意闹，迎春衔枝竞争颜，杨柳依依绿意浓，碧桃初绽满园香。牡丹锦簇，红樱怒放，群芳争艳，一派生机。

师大老区之夏也，绿树成荫，枝繁叶茂，碧叶遮天，芳草鲜美。朝阳霞光万道，泻于畅志园之竹林，万物生辉。午时晴空万里，蝉燥梢头，偶有无名之鸟啼鸣，可谓"蝉燥林逾静，鸟鸣山更幽。"夜晚清风习习，虫鸣成片，偶见星空，群星闪烁。

师大老区之秋也，天高云淡，万物换装，落叶纷纷，遍地如金。银杏为最美之物，洋洋洒洒，叶随风舞。仲秋之时，红柿高挂，娇俏可怜，似盏盏灯笼。

师大老区之冬也，鸟雀依树，群聚群飞。蜡梅傲立，翠竹为友，雪松做伴，涌动暗香。若瑞雪时降，楼宇隐没，白雪皑皑，银装素裹。

此为师大老区四季之景也，予爱春之生机，夏之活力，秋之温柔，冬之清静。

师大老区草木类多而茂，虫鸟繁杂新奇，若他日尚能与之相伴，幸甚至哉，歌以咏志。

（任课教师：胡安顺）

《吕后本纪》读后感

胡钰

（2014级汉语言文学创新实验一班）

初闻吕后，不喜，以其为心狠手辣之妇人，专权谋以掌江山，嗜嫉妒以害戚夫人。然复读《吕后本纪》，心有戚戚焉，吕后实为一可悲之人。

吕公之女，妙龄少女，芳华正茂，掌上明珠。因父母之命，下嫁匹夫刘邦。此为一悲。为人妇，尽心尽责，侍夫育儿，操持家务。然刘邦不以为意，不改旧习，好逸恶劳，后亡命芒砀山，吕雉无怨替夫坐牢。此为二悲。时值天下争霸之乱期，刘邦贪财物好美姬，竟做出抛妻弃子此等不齿之事，实不能忍也！吕雉一妇人，养儿育女，清清冷冷凄凄惨惨捱数年，受尽屈辱艰辛。再回丈夫身侧，夫君已有貌美戚夫人及其子。孰可忍？此为三悲。虽为正室，高祖益疏，常遭他人嘲讽，且吕后已年老色衰，不敌戚夫人年轻貌美。高祖欲重立太子更伤吕后。数年后，高祖崩，吕后重罚戚夫人，作人彘，以解心头之恨，则太过矣。

吕后握天下大权，吕氏家族权倾朝野，为后人所诟病。然换一角度看，吕后不过一悲剧女子。常言道"最毒妇人心"，可这妇人毒心却是枕边人所逼！世上无一女子可忍丈夫始乱终弃。吕后付出多年，谁知吕后心中苦楚？谁懂吕后之悲？封建社会全天下女子之悲，谁能尽说？

（任课教师：朱湘蓉）

《史记》沉思录

骆浩舟

（2014 级汉语言文学创新实验一班）

余初读司马公之文，时年十又五，未尽通其意，解其文，心智之未全开也。今吾借古汉语课之助，得其妙处，而又遵师命读《史记》，倍感古汉语之精深，故购得子长之《史记》四本，细细拜读。

余读《史记》已三月有余，列传、本纪、世家、表均已毕，其个中兴味，非亲读之不可感也。有感于此书，愿以此文与同学研习交流，以补学识之不足。

如《报任安书》所言，司马公著书，"以究天人之际，通古今之变，成一家之言"，得之者凡百三十篇，为十表，本纪十二，书八章，世家三十，列传七十。书中所述，无不为后代所借鉴。书之体例，无不为历代史官所沿用。

《史记》之于诸子，尤推其思想之价值。其门类众多，经济、科技、文学、教育、军事等思想，皆有所及。卷一百二十九《货殖列传》大述其经济思想，重财货，倡商业。卷四十七《孔子世家》直述仲尼生平及思想，于仁礼之用，教育之论颇为精彩。

《史记》一书，开纪传之体，树史书写作之典范，上至于轩辕，下至于汉武，三千年未有一人当此任者，惟司马公能也。传记文学由此兴焉，其伟大后人皆不可望其项背比肩。至于太史公其人，学识之渊博，品德之高尚，我辈当皆效仿之，正所谓"高山仰止，景行行止"。

《史记》之语言，比之《周易》《尚书》，变晦涩难懂之语，为通俗流畅之言，风格清新。且叙事循因果，重逻辑，叙事以人为主，《春秋》《战国策》《国语》早已有之，而子长写人以要者为中心，取典型之事，显人之性格，如卷一百零九《李将军列传》，述李广"见草中石，以为虎而射之，中石没簇"，以此微事见于文中，将军栩栩如生矣。又如多用"互见法"，取两文相补之意，以突出人物性格，如《高祖本纪》与《项羽本纪》，始皇出游，二人观之，一曰"大丈夫当如此也"，一曰"彼可取而代也"，高祖之志，霸王之心，跃然纸上。

一部《史记》，"史家绝唱，无韵离骚"，欲短时究其精髓，探其根本，犹若痴人说梦般，当如切如磋，如琢如磨，细细研读之。学生才学疏浅，不当之处，冀师批正。乙未年冬月书。

（任课教师：朱湘蓉）

清荔轩记

王萌

（2012 级汉语言文学教育一班）

壬辰孟秋，余求学于陕师大。初入师大，觉门外喧嚣闹市，而门内静若桃源，真"大隐"之地也。

复行百余步，一假山矗立于道中，一帘飞瀑垂下，水幕掩映青色楼宇，真曲径通幽也。

缘径徐行，道旁林荫送爽，丹桂飘香。青年学子，往来其间，意气风发，若朝日春木也。

至吾居所，不禁黯然。何哉？吾室居阴面，有北向之牖，无南来之风。楼高数丈，难觅婆娑树影。楼宇四蔽，不见旭日夕阳。余以碧纸裁得青竹两竿，悬于壁上，平添"宝鼎茶闲烟尚绿，幽窗棋罢指犹凉"之乐也。

余久慕汉唐风雅，因名宿舍曰"清荔轩"，并求同窗翰墨而匾额之。

墙挂一"报春图"，白雪驻枝，红梅独艳。每日诗书半卷，清茗一盏，娴雅之意足矣。古人谓"竹影和诗瘦，梅花入梦香"者，吾"清荔轩"也。

居虽陋室，梅竹添香，有此雅轩，吾其安心于学也。

是为记。时甲午春月。

（任课教师：王怀中）

陕师大之四季

吴依锟

(2012 级汉语言文学教育一班)

南望终南巍峨，北依雁塔雄浑，吾陕师大盘坐其间，迄今七十载矣。师大校区凡两座，分别以雁塔、长安名之也。雁塔校区全年有绿树，长安校区四季有花香，均季季醉人也。

春之师大，宛如花园。新叶吐绿，柳絮随风。鲜花初放、馥香扑鼻。满园绿树婆娑，繁花缭绕。师生观花赏景，无不流连忘返。

夏之师大，炎炽如火。道旁佳木遍植，枝叶繁茂，林荫处处。炎阳当头，浓荫翳翳。朝日夕辉、树影斑驳，穿梭其间，尽得乐趣。

秋之师大，树叶如染。枫槭火红，银杏金黄，美不胜收。秋风乍起，水面吹皱，落叶如蝶，天澄波清，饱含秋之韵味。

冬之师大，落叶如毯。如逢瑞雪，老树虬枝遍挂琼玉，楼宇屋舍尽裹素衣。处处银装，谓之仙境可也。

师大之四季，钟灵毓秀，缤纷多彩。得此幽境求学，真吾学子之福也！

（任课教师：王怀中）

游玄武湖记

谢丽莞

（2012级汉语言文学教育三班）

甲午清明，余应朋友邀约，喜游金陵玄武湖。

玄武湖者，六朝皇家园林也，美名曰"金陵明珠"。方圆五里，环围五洲：曰环洲、曰樱洲、曰菱洲、曰梁州、曰翠洲。洲间堤坝连通，浑然一体。玄武之美，古人有云："钱塘真美于西湖，金陵真美于后湖。"后湖者，玄武湖也。

余游于湖堤之上，清风徐来，水波不兴。岸边红花新绽，翠叶渐舒，柳枝摇曳。水面波光粼粼，扁舟漂浮。水浅处游鱼可数，幽深处如墨。

驻足岸边，举目四望，但见游人如织。其踏青赏景者，或行或息，皆怡然自得。

东风和煦，春阳送暖，尽兴晏游，不觉夕阳欲坠，乃乘兴而归。

同行者，吾友李君也。

（任课教师：王怀中）

附　　录

丹江赋

（2013 年 10 月）

胡安顺

丹江者，汉江之支流也，或称洲河。源于秦岭，横贯商洛，达乎豫鄂，注入汉水。始治于夏禹，得名于丹朱。享天下名水之誉，兼通航灌溉之利。蜿蜒为美景，停蓄成湖泽。静如处女，动如游龙。或平或怒，或缓或急。平缓则悠柔，利万物而不争；急怒则咆哮，摧千屋于瞬间。全长八百八十里，支派如须，携泉无数。夹岸青山巍巍，嘉木成林，田舍相连，飞鸟成群。商山借丹江而灵秀，丹江依商山而增辉，万壑竞奇，千峰耸翠。地藏百宝，人尽多才。古道盘旋，没入云端，铁路穿山，直指东南。登商山而情豪，临丹水而神运，是故英雄眷顾，高士隐居，文人吟诵，历久不衰。帝尧征伐，以讨不庭，战此水而服南蛮；商鞅变法，功封商於，居此水而威诸侯；张仪联楚破齐，出奇计，借此水而留怀王；强秦兵出咸阳，过牧护、绝此水而吞吴楚；刘邦起兵沛县，入武关，涉此水而诛暴秦；四皓穴处商山，食商芝，饮此水而定帝位；光武夜出长安，避王莽，伏此水而致中兴；闯王屯兵鼎龙，八进八出，据此水而亡大明；红军五进商洛，先念突围，滨此水而创基地。至如庾信、李白、乐天、韩愈、庭筠、杜牧、康节、霞客、雪垠、平凹古今诸贤，莫不心仪商山，行吟丹水。故知商洛自古形胜地，兴亡成败系丹江。

丹江之春也，苇叶青青，杨柳依依，鸟鸣嘤嘤，上下于飞，刺梅绕树，落英缤纷。童子嬉戏，折柳插柏，以石击水，卷叶为笛，其声呜呜，是为报春。燕子不知人贫富，年年飞入旧主家。丹江之夏也，水清见底，鱼游上下，迟速不定，鳖藏深藻，静卧不动。树头蝉噪，稻田蛙声。而或山雨骤来，电闪雷鸣，万流交汇，江水暴涨，两岸不辨牛马，巨流汹涌，一泻千里，折木毁田，摧屋漂畜，观者失色，闻者惊心。丹江之秋也，天高云淡，清风习习，落叶纷纷，遍地如金。水浅而流缓，岸阔而石众，牧童饮牛，村姑漂衣，水鸟无猜，去而复来。江岸上空，大雁南归，列阵成一，变形为人，渐行渐远，消失云际，其鸣悠长，婉转千里。丹江之冬也，瑞雪时降，漫天飞舞，大如鹅毛，轻如飘絮。雪停日出，万籁俱寂，渡头隐没，一江皆白，山山披银装，树树梨花开。野兔出洞，饿犬漫游，寻物觅食，不知所归。鸟雀依树，群聚群飞，抖动积雪，落霰霏霏。童子不畏严寒，滚雪堆人，尽显其能；摔跤比武，一决胜负。大人喜年，朋酒斯飨，一曲秦腔，百忧全忘。故知丹江天赋阴阳和，四季分明日月辉。

呜呼！丹江源接帝都，流通吴楚。航运则关陇直达荆襄，会馆船帮，繁盛一时。沾溉则致富三省，万民安乐，千里稻香；养物则牛羊遍地，嘉果仙草，百谷可尝；育人则俊采星驰，小说戏剧，声播八方；旅游则四皓古塚，丹江漂流，仙娥风光。然则天下之美在商洛，商洛之美不在他，在乎山水之间也。故知有水则利兴，无山则势亡。川竭而谷虚，丘夷而渊失。是故善战者依山而求胜，善治者保水以致强。是故《诗》云："河水洋洋，北流活活。""南山有桑，北山有杨。"颂曰：

商洛自来名远扬，云烟八景系丹江。

物华天宝帝王业，人杰地灵戏剧乡。

高士山中威望在，将军帐下运筹忙。

书生最是忆秦汉，道里至今说闯王。

附记：此文应商洛市委宣传部之邀撰，先后载于《中华辞赋》（2014年第8期）、《陕西日报·秦岭副刊》（2015年5月8日）、《商洛赋》（中华书局2015年版）。

主编手迹（雪梅、终南春晓）

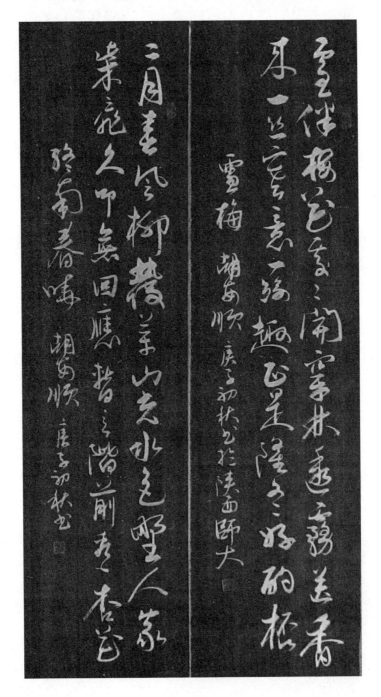